これは絶対陽キャのしわざ!

陰キャぼっちは決めつけたい

六畳のえる
NOEL ROKUJO
イラスト 大熊まい

Career
100%
表紙の裏話
Hyoshi no Urabanashi >

亮介
織羽、表紙のあのポーズ、どうしたんだよ
Read

織羽
あめすけ、分からなかったの?
陽キャへの宣戦布告に決まってるじゃない!
Read

亮介
その割に表情に無理してる感じが
出てたけど
Read

織羽
き、緊張しただけよ!
普段あんなポーズ取らないし。
陽キャはクラスのセンター争いの中で
しょっちゅうやってるに決まってるけどね!
Read

亮介
むしろ調和を大事にするから
絶対しないだろ……。
ところで自己紹介とかしないの?
Read

織羽
何を紹介するのよ。あめすけ、
お手本見せて
Read

亮介
んっと……福修高校、1年5組、
雨原亮介。首席入学、
趣味は読書です、みたいな
Read

織羽
同じく5組、岩里織羽。嫌いなタイプは
陽キャです。日本で合計1億回は再生
されてるくらいバズったダンスを、今更
臆面もなく制服で踊って投稿できる
神経だけ尊敬してます
Read

亮介
陽キャの紹介になってるじゃん!
あと陽キャがみんな踊ってるわけじゃないからな
Read

「犯人は陽キャに決まってるわ！」
織羽が細長い人差し指をビシッと
俺の方に向けると、
その拍子に横の髪がピンッと外ハネした。
岩里織羽
いわさとおりは
復讐に燃える彼女

「織羽、大丈夫か？」
「……あう……」
陰キャぼっちな彼女

「だ、だだ大丈夫よ」
雨原亮介
あめはらりょうすけ

contents

INKYA BOCCHI HA
KIMETSUKE TAI
NOEL ROKUJO presents
Illustration by MAI OKUMA

陰キャぼっちは決めつけたい
これは絶対陽キャのしわざ!

六畳のえる

MF文庫J

口絵・本文イラスト●大熊まい

序章　高校生活は○○の場である

見覚えのある彼女

俺の幼馴染《おさななじみ》にとって、高校は学業でも部活でも、青春を謳歌《おうか》する場でもないらしい。


「私ね、高校に入ったら復讐《ふくしゅう》に生きるって決めてたの」

今日の晴天にも似た明るめのトーンで、目の前に立つ岩里織羽《いわさとおりは》は軽快に言ってのける。

大多数の人が良い顔をしないであろうこの発言を本気で口にしている彼女に、俺は何と返せばいいのだろうか。

そんなことを考えながら、俺は今日一日を頭から振り返った。


「雨原《あめはら》君、首席で入学ってすごいね！　俺、飯橋《いいはし》っていうんだけど……」

「いや、ホントに入試のはたまたまじゃないかな……」

「なんで都内の私立受けなかったの？　有名校だって楽勝だったじゃん！」

「ううん、まあその、あの、そんなに興味なかったっていうか……」

雨原亮介《りょうすけ》よ。お前は勉強はできるかもしれない。でも、問題はコミュ力なんだぞ？　たまたま首席になったって聞かされた方の身にもなってみろ？　何より、頭脳だけじゃ友達はできないんだぞ？

クラスメイトからたくさんの褒《ほ》め言葉をもらうたびに、自分自身にツッコミを添えていく。なんかフランス料理っぽいね。「誉め言葉の盛り合わせ　～自虐ソースを添えて～」みたいな。自虐ソースって何だよ。

花が本当に僅かばかり残った状態の桜たちが出迎えてくれた、福修《ふくしゅう》高校の入学式の日。快晴に恵まれた中、なんとか新入生代表挨拶もこなし、式は無事に終了した。ホームルームのために教室に戻ってきた俺のもとに、クラスメイトが集まってくる。

「ねえねえ、代表挨拶してほしいって連絡どうやって来るの？　郵便とかで？」

「あ、うん……郵便で来たかな」

「そうなんだ、すごいなあ。首席だもんなあ！」

「いやいや、そんな……」

スマホに何もメッセージが来ていないかを確認するついでに、ケースのフタについている小さな鏡を見る。おでこが少し見えるくらいのほどほどに伸びた黒髪と、優しそうを通り越して自信の無さそうな目が映った。

そして俺は、大きく溜息《ためいき》をつく。

　これさ、自分の脳内解釈のせいでもあるんだけどさ、お前の学力にみんな惹《ひ》かれてるんであって、お前そのものに魅力があるわけじゃないだぞ。栄養は全くないけど、シャキシャキの歯ごたえが美味《おい》しいから好まれてるキュウリと一緒だぞ？　どうも、学年首席のキュウリです。

　ダメだ、入学初日からくよくよしてしまう。いや、分かってる、分かってますよ、勉強だって立派な才能の一つですよ。でも、中学の時どうだったよ？　学力が伸びていっても友人の数は伸びなかっただろ？　そういうことなんですよ。「バンドやってる人」はオススメアーティストを、「サッカーやってる人」は代表戦を切り口にしてクラスメイトと繫《つな》がればいい。じゃあ「勉強できる人」はどうするよ。数学でも話題にしようものなら声かけてくれる人が瞬時に九人から三人に減るぞ。減り方がルートじゃん。

「ねえねえ、雨原《あめはら》君、困ったときに勉強教えてね！」

「ああ、うん……」

　ほらね。ってことは、俺の学力が落ちたらみんな離れていくだろ。じゃあ俺自身の存在意義ってあるのか……ヤバい、哲学モードに入ってしまった。精神が湿気《しけ》る。誰か心のシリカゲルをください。心のシリカゲルとは一体。

　気落ちしているうちに、ホームルームが始まった。

「じゃあ早速、自己紹介していきましょうね。まずは……赤元《あかもと》さんから」

式典のためにしっかりメイクしていた担任の鹿島《かしま》先生が、しょっぱなから悪魔の四字熟語「自己紹介」を召喚してきた。昨日話す内容を頑張って考えたのに、今になって「一つくらいツッコミどころ入れた方がいいだろうか」「でもウケなかったらどうするんだ」の二つの間を無限に往復する。

シンキングタイムが足りないことを、自分の名前が「あ」から始まるせいにして軽く恨んでいると、「雨原《あめはら》君」と名前が呼ばれた。よし、決めたぞ、ツッコミどころを入れてやるか……！

「えっと……雨原亮介《りようすけ》です。休日は……図鑑を見たりして過ごしてます。よろしくお願いします」

笑いが起きない。ざわざわもない。思ったようなリアクションは一つもなく、まばらな拍手に包まれて自席に戻り、はたと気付く。これ多分、逆効果になってるじゃん！

【想定】図鑑を見る　↓　えー、何の図鑑見てるのー？　雨原君って面白いねー！

【現実】図鑑を見る　↓　休日に図鑑読んでるんだ……へえ……さすが首席様……

きっとみんなこういう状態になってるんだろ。違うんだ、映画観《み》たり音楽聞いたりも普通にするんだよ……祖父母からもらった図鑑とか百科事典、読むの普通に楽しいからさ、ネタとして挟んでみたんだよ……こんな事故になるなんて……。

後ろの席から「ねえねえ」と元気な飯橋《いいはし》君に声をかけられる。

「図鑑ってどんなの読んでるの？　二次関数？」

「いや、植物とか海の生き物とかね、へへ……」

二次関数の図鑑なんてないんだよ。分厚いオールカラーで何を紹介すんだよ。

「はあ……」

悲しみをたっぷり含んだ溜息《ためいき》をブレザーの袖に吹きかけ、自分の過去を振り返る。

何かがどこかでズレていたら、自分の人生は今と違っていたかもしれない。


中学一年で科学部に入部した時までは良かった。入部してすぐ、果物電池の実験をして夜中までレポートをまとめ、理科コンクールに出したときは本当に楽しかった。

転機はそのすぐ後の七月、夏休み直前。親の仕事の都合で都内に転校が決まった。夏休み明けから転校したけど、すでにクラスにはグループが出来上がってたし、科学部もなくて他に入りたい部活はなかったし、居場所が作れない。クラスでは「車で二時間の県から来た田舎者」として軽いノリでイジられた。

結局、友達はできなかった。俺は「転校した自分の環境が悪い、仕方ない」「イジりに上手《うま》く返せなかった自分が悪い」と脳内で反省会を繰り返した結果、心の一部が雨漏りしてるんじゃないかと思うほどくよくよするようになっていった。

友達がいないと勉強しかやることがない。それでも暇なので、祖父母からもらった本を無尽蔵に読み耽《ふけ》った。その結果、成績はどんどん上がっていったけど、「自分は勉強しかできない」と余計に自己肯定感が下がった。なんて不便なメンタル。

そして高校に上がるタイミングで再度転校して地元に戻ることになったので、県内で一番偏差値の高いこの私立を受けて入学することができた、というわけだ。担任からは十回くらい「もっとレベルの高い都内の私立も狙える」と言われたけど、受かる自信もなかったし、田舎者キャラが継続したらと思うと志望する気にはなれなかった。

転校がなければ、転校先に科学部があれば、イジりに返せていれば、違っただろうか。いや、大して違わないかもしれない。俺のことだ、きっとどこかで別のきっかけで躓《つまず》いて、こうなっていただろう。

「じゃあ次は、と……」

名簿とにらめっこする鹿島《かしま》先生。そういえば、午前中は代表挨拶の準備をしたり、緊張しすぎて「失敗しても命までは取られない」と自分に言い聞かせたり、二ヶ所噛《か》んだ自分に「原稿を読むこともできないのか」としょんぼりしたりして過ごしたので、この一年五組のクラスメイトを全然把握していない。このタイミングでちゃんと覚えよう。

そう思っていた、矢先の出来事だった。

「岩里《いわさと》さんね、岩里織羽《おりは》さん」

その名前に、体がビクッと反応し、バッと顔を上げる。そして俺の視界は、後ろから俺の横を通り、教卓に向かって歩いていく彼女を捉えていた。平均よりも高めの身長で、チェックのグレーのスカートも学年カラーであるワインレッドのリボンもよく似合う。

前に歩いていく彼女を、他のクラスメイトも凝視している。肘や背中に届く黒色に近い茶髪のロングヘア、前髪の隙間からちらっと見えるおでこ、色白の顔、ぱっちりして猫っぽい二重、小さめの鼻、ぽってりした唇。あの頃の面影がそのまま、大人びた綺麗《きれい》さを纏《まと》ったような。クラス、いや、学年でも指折りの美人ではないだろうか。

間違いない、織羽だ。信じられない偶然に、唖然《あぜん》としてしまう。

「んっと……岩里織羽です。基本インドアです。よろしくお願いします」

早口で紹介を終え、後ろの席へ戻っていく。前はもっと明るかったけど、随分控えめなタイプになったなあと思いつつ、俺は振り返って彼女が椅子に座る様子を食い入るように見つめていた。

「じゃあさようなら！　明日からよろしくお願いします！」

教科書の配付や明日からの授業の説明が終わり、先生が気合いの入った挨拶をしてお昼前に解散となった。

俺はすかさず後ろに駆けていき、帰り支度をしている織羽《おりは》に話しかける。他の人に話すのは難しくても、見知った顔なら大丈夫だ。

「よ、よお。久しぶりだな」

すると彼女は、硬い表情のまま俺の方を見た。

「うん、久しぶりだね」

一言呟《つぶや》いて、やりとりが終わる。

「あ、や……まさか高校でまた会えるなんてな」

「だね、びっくりした」

こっちがびっくりだ、と思うほど会話が続かない。織羽の表情も、驚きや喜びに満ち溢《あふ》れたものではなく、「知り合い」と話しているという感じでどこか淡々としている。

「じゃあ、私帰るね」

話を切り上げるかのように彼女は立ち上がった。一七三センチ、平均より少し高い俺と、俺より十センチ以上低い彼女。小学校の頃はほとんど変わらない背丈だったのに、随分月日が経《た》ってしまったと理解する。

「またね」

「あ、ああ……またな」

こちらを振り返ることなく、教室から出ていく。

その昔、一番の仲良しだった彼女との関係はほぼリセットされていることに、俺はようやく気が付いたのだった。

帰り道、細い道の白線から落ちないように歩きながら、織羽《おりは》と小一で出会ったときのことを思い出す。

夏の席替えで隣の席になって、家が近かったこともあってすぐに打ち解けた。同じアニメやゲームが好きで、一週間しないうちに完全に意気投合した。何の偶然なのか、中一の夏に俺が転校するまで六年半クラスが一緒だった。今にして思うと、完全に幼馴染《おさななじみ》だ。

小四のときの事件も未《いま》だに覚えている。些細《ささい》な原因で俺が友達とケンカした時に、近くに座っていた織羽が間に入ってくれて仲直りできた。その一週間後、ちょっとした仲違《なかたが》いで、今度は織羽が女子グループ内でハブにされたので、俺が仲裁した。二人で、「お互いまた困ったときは助け合おう」と約束したっけ。夕焼けの中で、彼女が「ありがとう」と言って泣きながら指切りしたのを、今でも真っ赤な夕日を見ると思い出すことがある。

中一で俺が転校して離れてから二年半。その間に彼女は他の友達も見つけて、昔の友人である俺とは距離を置いたんだろう。

そう思っていたけど、実は違ったらしいと、この後すぐに知ることになる。

週明け、四月十日の休み時間。彼女に話しかけようと、窓際、後ろから二番目の席に行くと、彼女は机に突っ伏していた。イヤホンを耳に嵌《は》め、指でトントンとリズムを刻みながら寝ている。他のクラスメイトが早速ファッションや音楽の話で盛り上がる中、馴染《なじ》もうとする気配がないし、当然こんな状態の彼女に誰も話しかけない。

「おり……は……」

あれ……これアレだよね？　漫画でよくある「友達がいない人」のパターンだよね？　俺が中学のときもここまで露骨にはやらなかったぞ。頑張って友達の輪の中に入って、気付いたら輪から外れてた。天才がやる知恵の輪かよ。

いや待て、体調が悪いだけかもしれない。ちょっと今は声かけるのやめておこう。

帰りのホームルームが終わり、すぐに織羽のところへ行く。

「え、早くない？」

彼女はもうイヤホンをして机に寝ていた。何このスピード。「さようなら」ってお辞儀しながらイヤホンつけるくらいの流れ作業じゃないと無理なのでは。

「織羽、まだ寝てないだろ……？」

そう小さな声で聞いてみると、彼女は両腕を机につけたまま顔だけ起こし、イヤホンを外した。

「どしたの、あめすけ」

雨原亮介《あめはらりょうすけ》、略してあめすけ。この呼び方が懐かしい。

「何も聞いてないよ。イヤホンしてれば話しかけられないでしょ？」

「何聞いてたんだ？」

「そんな高等テク使ってたの」

予防線が強すぎる。

「え、でも指でリズム取ってただろ？」

「いや、なんか『音楽やってる』って勘違いしてもらえれば、舐《な》められることもないかなって」

これは……あの……完全に俺と同類なのでは……？

俺は、まだ部活もなく早々にクラスメイトが帰っていったのを見計らい、思い切って彼女に聞いてみた。

「織羽《おりは》、ひょっとして、中学でぼっちだったのか？」

「あめすけ、直球すぎない？」

彼女はクックックと歯を見せる。若干苦そうだけど、それは久しぶりに見た彼女の笑顔だった。

「でもそうよ、ぼっちだったの。高校でもこのままでいくつもりよ」

やっぱり同じだ。俺も自信がなくて、上手な絡《から》み方が分からない。距離の取り方が分からない。二日目にして、「溶け込めてない男子」感がたっぷり出てしまっている。でも、織羽の態度を見ていると、そもそも絡む気がないらしい。

そして彼女は、すっくと姿勢を正し、少しだけ口角を上げて爽やかに言い放った。

「私ね、高校に入ったら復讐《ふくしゅう》に生きるって決めてたの」

アオハルは諦《あきら》めた

「復讐……？」

「そう、復讐」

あまりにもさらりと謎の宣言をした彼女についていけない。というか、その前に、一つの疑問がずっと気になったままでいる。まず先に、それを彼女にぶつけることにした。

「織羽、中一まで友達多くなかったか？　なんで今こんな風になってるんだ？　あっ、もしかして転校したとか……」

「そんなんじゃないわよ」

彼女は眉を微《かす》かに下げ、口を窄《すぼ》めて細長い溜息《ためいき》を吐いた。

「中学入ったときさ、『小説や漫画を読むのが好き』って友達がすぐできたの。ほら、青《あお》木《き》さんとか大沼《おおぬま》さんとかね。それで、その四人組で文芸部に入ったのよ」

「ああ、そんな女子いた気がする。なんとなく覚えてるぞ」

入部希望用紙を見せ合いっこしたたな。俺は科学部、彼女は文芸部だった。

「それで、六月に同人イベントがあってさ。申込間に合ったから、オススメ小説・漫画の紹介と、オリジナルの短編小説を入れた同人誌を作ってみることにしたのね。でも、他の三人のうちの一人が、短編に私と同姓同名のキャラを出したのよ。傲慢《ごうまん》が仇《あだ》になって最後にフラれるキャラで。みんなすっごくウケててさ」

「それは……ダメだろ」

相手はどうせ「ネタだよ」で済ませようとしたはず。でも、俺が織羽《おりは》でも良い気分はしない。クラスで回し読みでもされたら、余計にイジられるだろう。

「私も一応言ったんだよ。三人とも盛り上がってたから、『ちょっと止《や》めてほしいな』って。そしたら『うわっ、一人だけマジになってるんですけど』なんて真顔で言われて、そこから部活の居心地悪くなっちゃった」

「……それ、いつくらいの話だ？」

俺の問いに、彼女は一瞬だけ目を逸《そ》らした後、グッと伸びをしながら答える。

「六月かな。それで結局ね、同人イベントの前に部活を辞めたの。でも、その時ってもうクラスの女子ってグループ出来上がっちゃってるじゃん？　それに、文芸部に残った三人が私のこと『ノリが悪くて空気が読めないヤツ』って噂《うわさ》流してたみたいで。だからクラスで浮いちゃったんだよ。まあ、その三人もすぐに飽きて文芸部も辞めて動画配信とかやりだしたんだけどね。今思うと、ちょっと本が好きって言いたかっただけの陽キャだったんだろうな」

「そう、だったのか」

「二年になってクラス替えしても、噂は回ってるし、私も後引きずっちゃっててみんなとどう距離縮めればいいか分かんなくてさ。ぼっちのまま三年過ごしたってわけ」

つまんない話してごめんね、と話を切り上げ、彼女はまた先に帰っていく。呼び止めることもできないまま、俺は呆然《ぼうぜん》とその場に立ち尽くす。

一人になった教室で、自分の机に座り、何もせずにぼんやりと過ごす。時計の長針もいつの間にか一周していた。

俺の頭に浮かんできたのは、ただただ後悔だけ。

彼女がさっき目を逸らしたのもよく分かる。彼女が話した文芸部の一件は、転校前、俺がまだ一緒のクラスにいた時の話だ。

俺は小学校のときの「お互いまた困ったときは助け合おう」という約束を守れてなかったのだ。そう思うと、窓から差し込む夕焼けも、今日はちっとも綺麗《きれい》に見えなかった。

衝撃の告白から四日経《た》った十四日。月曜の初授業から始まって、長かった一週間を締《し》め括《くく》る金曜日だ。

昼休み、次の授業の宿題ができているか確認する。

「うわっ、雨原《あめはら》君、ノートすごく綺麗だね」

「ホントだ、お手本みたい！」

通りすがりにノートを見た男女のクラスメイトが話しかけてくれたのに、思わず高速で手を左右に振ってしまう。

「いや、ホントに全然そんなことないよ。普通だって」

その返答に、二人は肯定でも否定でもない「あー」という曖昧な相槌《あいづち》を打ちながら帰っていった。

途端に始まる、脳内反省会。俺が俺に説教する。

まずお前の心に浮かんだことは何だ？　「気を遣って絡《から》んでくれてありがとう」「でもノートくらいしか話題提供できなくてごめんね」だよな。その上で謙遜の意味で「普通だって」って言ったんだよな。でも褒《ほ》めた相手からしたら「これを普通って言われると自分たちは……」ってなるだろ？　そこまで考えて会話しろよ？

　順調に会話の機会を失う俺。その少し後ろの席では、相変わらずイヤホンをつけて突っ伏している織羽《おりは》。彼女とは月曜日以降、話していない。

　二人とも浮いている。きっと自分の理解者はこのクラスに一人しかいないし、自分も彼女の理解者でありたい。そう思っていた。

「なあ、織羽」

「あめすけ、何？」

「ちょっとだけここにいて」

　放課後、久しぶりに彼女を呼び止める。みんなが帰るまで何を話すでもなく待ってから、俺は座っている彼女の横に立つ。

　そして、深く頭を下げた。

「中学一年生のとき、気付けなくて、助けられなくてごめんな」

　織羽は「えっ」とやや動揺して立ち上がる。

「月曜からずっと後悔してた、しっかり反省して、ちゃんと謝りたいと思ってた。中一のとき、織羽の近くにいたはずだし、休み時間にも話してたはずなのに、この前教えてもらうまで俺は織羽《おりは》が苦しんでたことを知らなかった。科学部に夢中で、変化に気付けなかった。きっと何かサインがあったはずなのに、見逃してたんだ。だから、本当にごめん」

そこまで聞いた彼女は、ひゅっと浅く息を吸って、静かに微笑《ほほえ》んだ。

「気にしなくていいよ。別に根本の理由はあめすけじゃないしね。大丈夫、私は高校でもぼっちを貫いてやろうと思うわ。今更謝らせちゃってごめん、でも嬉《うれ》しかった」

ネイビーの横長バッグを肩に掛け、織羽は足早に帰ろうとする。彼女がこうやって先に帰ろうとするのは、もう三度目。でも、今日はこれまでとは違う。机に映った陽光のプリズムは、俺を応援するように揺れていた。

「復讐、手伝うよ」

彼女はドアの前で立ち止まり、振り返る。表情も随分大人っぽくなったけど、やっぱり顔立ちはあの頃と一緒だ。

「どんな償いができるか考えてたけど、これしか浮かばなかった。どんなことでもいいから、俺が力になる。青春を取り戻すつもりなら、ちゃんと協力するから」

もう一度、一からでいいから、織羽との関係を築き直したい。彼女が目指していることは全く分からないけど、彼女が困ってるなら助けたい、約束を守りたい。それが、今のまっすぐな気持ちだ。

織羽は俺をまっすぐ見たまましばらく黙っていたが、やがて口を開いた。

「ホントに、どんなことでも？」

何をお願いされるのか見当もつかなくて、一瞬たじろいでしまう。でも、答えに迷うことはなかった。

「ああ、もちろん」

すると彼女は、小学校時代に一緒にいたずらを考えていたときみたいに、にいっと笑みを浮かべた。

「じゃあ、復讐《ふくしゅう》、一緒にやってね」

「お、おう」

とりあえず協力させてもらえるらしい。安堵《あんど》しつつ、俺はどうしても確認したかったことを訊《き》いてみた。

「それでさ、織羽。復讐って実際何やるんだ？　あ、ひょっとして、その文芸部だったヤツらがこの学校にいるのか？」

「いないわ。あの中学からこの高校に来たのは私くらいよ。電車で一時間かかるしね」

「だよな、めちゃくちゃ遠いもんな」

俺は都内から戻ってきたときに中学時代とは別の市に引っ越してるから比較的近いけど、当時のあの家の辺りからなら相当遠いはず。

「あのメンバーと離れてリセットしたかったのよ」

その言葉で、俺は全てを察した。

「なるほど、分かった。復讐《ふくしゅう》って高校デビューのことだな！　それで青春を謳歌《おうか》して、中学時代に私をバカにしてたヤツみんなざまぁって魂胆だ」

「大はずれね」

両手でバツを作り、そのまま彼女はゆっくりと俺に近づいてくる。

「まだなんにも決まってないの」

「へ？　決まってない？」

なんか、青年漫画でよくあるような、いじめっ子に一人一人復讐するようなイメージを思い浮かべていたんだけど。

「ただ、青春を謳歌するってのだけは違うわ。青春は諦《あきら》めたから」

諦めた、と復唱する俺に彼女は苦み成分たっぷりの微笑を湛《たた》える。

「そう。ぼっちになったのは文芸部を気取ってた陽キャのせい。でも、クラスの陽キャも噂《うわさ》を信じて私のことイジったりハブにしたりしたんだから同罪よ。クラス替えの後に同じような扱いしてきた陽キャもね。中学ではホントになんにも良いことがなかった。だからアオハルは捨てたの。中学で人間の嫌な部分ばっかり触れて、今更キャッキャウフフをやれるほど心が真《ま》っ直《す》ぐじゃなくなっちゃった。でも……」

「でも……？」

「アオハルしてる人たちがズルい！」

「うおっ！」

顔を突き出し、急にずいっと迫ってきた織羽《おりは》に、思わずドキッとしてしまう。猫っぽい目をさらにキッとつり上げたその表情は、怒りと悔しさに満ち溢《あふ》れていた。

「私だって何か歯車がズレればああなれたかもしれないのに。部活楽しんで、趣味を謳歌してる人たちがズルい！　私は毎日学校がしんどかったし、メンタル削られたから新しい趣味も始められなかった。みんなズルい！」

「……そうだな」

心の底から彼女に同調する。ああ、織羽は俺と一緒なんだ。ほんの少しの偶然で、俺も彼女も、全然違った中学生活になったかもしれない。俺はその結果、自己肯定感が下がったけど、彼女は怒りのボルテージを上げたんだ。

「私は上昇しなくていいの。だから、アイツらを私の位置まで堕とす！　私の高校生活は復讐劇に使うって決めたから！」

「そういうことか」

織羽が物理的に戦ったり、クラス内カーストを上げたりして優位に立つわけじゃない。足を引っ張って、青春を奪い取ろうとしてるんだ。

「だから私は、なんとかしてアイツらの鼻を明かすわ」

「アイツらって具体的に誰だよ」

「とりあえず陽キャね」

「無差別攻撃じゃん」

絞り込み要素が少なすぎる。

「陰キャだって青春してる人はいるからそれはそれで腹立つけどね。でも優先順位が高いのは陽キャよ」

「それで、陽キャの足を引っ張って青春を奪って、最終的にどうなってほしいんだ？　まさか全員に部活辞めてほしいとか言わないだろうな？」

それを聞いた織羽《おりは》は、「極端だなあ」とわざとらしく溜息《ためいき》をつく。

「今やってる部活はそのままでいいわよ」

「そっか、そうだよな、ごめん」

「私が目指す世界のイメージを、お・り・は、の作文でまとめてあるわ」

「なんでだよ」

披露するか分からないのに用意してたのそれ。

「全員がワイワイと会話しないで過ごしてもらうのが理想よね。基本はぽつんとしてて、たまに話すみたいな」

そう言って、彼女はグーにした右手を出し、順番に指を立てていく。

「私の目指す世界はこれよ！

お↓お昼休みは誰とも机をくっつけない
り↓リーダー格の女子が髪型を変えても美容院を聞かない
は↓初詣行って年を越そうとか提案しない
どうこれ。いいでしょ？」

「そんな世界がいいのか……？」

「願ったり叶《かな》ったりね」

右拳にグッと力を入れて、俺の顔の前に翳《かざ》す織羽。全力で握って赤くなったグーに、彼女の意気込みが見て取れる。

「あめすけ、こんな不純で悪意のある復讐《ふくしゅう》だけど、首席様は手伝ってくれるの？」

首席様、を強調する織羽。でも少しだけ楽しげな口調は、どこか挑発するようなトーンに聞こえる。

他の人の頼みなら迷わず断っただろう。でも、そんな気にはなれなかった。中学のときに助けられなかったという後悔ももちろんある。それに、俺自身は「仕方ない」「自分が悪い」と色んなことを諦《あきら》めて過ごしていたのに、彼女はまだエネルギーを滾《たぎ》らせて何かを企《くわだ》てようとしていることが、俺の心にもカチリと火をつける。

「もちろん。手伝わせてくれ、織羽」

「ありがと！　よろしくね、あめすけ」

差し出してくれた右手に触れ、しっかり握手する。

これが波乱万丈な高校生活の幕開けになることを、俺はまだ知らなかった。

まあ、知っていたら先に自己肯定感が下がっていただろうから、何も考えずに引き受けて正解だ。

第一章　謎解きは陽キャを殲滅《せんめつ》する手段である

放課後の作戦会議

「んっと、じゃあこの問題、ちょっと難しいけど……雨原《あめはら》、できるか？」

「はい」

数学の先生に指されて黒板の前に行き、チョークで回答を書いていく。ある程度予習しておいてよかった、これなら解ける。

「さすがだな、みんなも見習えよ」

半分冗談のような口ぶりで黒板に丸を描く。いや、俺なんか見習ったら、みんなこんな風にすぐしょんぼりする人間になるからやめた方がいいよ。俺かオジギソウかって感じですぐ項垂《うなだ》れてるんだから。


「え、そのクリームのパン何？」

「購買部に売ってたんだよ、新商品だって！」

「昨日のチューニング・ガムの投稿動画見た？」

「見た！　やっぱりあの二人のキャンプ企画は鉄板だよな」

昼休みの解放された空気の中で、クラスメイトの楽しそうな声が響く。

織羽《おりは》の復讐《ふくしゅう》を手伝う、という謎の約束をして十日が経《た》った四月二四日の月曜日。実際のところ、何の活動もしていない。他のクラスメイトは先々週に体育館でやった部活紹介イベントを経て早速入部し始め、ウッキウキのハイスクールライフを送り始めているというのに、俺はといえばクラスでのポジションも全く変わってない。今も、家から持ってきた弁当を一人で頬張《ほおば》っている。窓際で前から二番目の席だから、他の人の邪魔にならずに食べられるのだけが救いだ。中央にいたら申し訳なくて「ビンゴの真ん中のマスかな」って思うくらいすぐに場所を空けるぞ。

それにしても、高校にもなるとみんな「学校慣れ」してるな。自分と同じ匂いの人を見つける能力が研ぎ澄まされてるから、クラス内は既に男女ともに幾つかのグループに分かれている。もちろん、中心にいるのはオシャレで話も上手なリーダー格の男女グループだ。前世でどういう徳を積めばこんな風になれるんだろう。何人か蘇生《そせい》させてるのかな。

俺はといえば中学三年間で自分から話しかけるのが滅法苦手になってしまったので、貫きたくもない孤独を貫いている。話しかけてくれるのは、同類の一人だけ。

と思ったら、トイレから戻ってくると彼女がいなくなっていた。彼女の席には別の女子が座り、隣の女子と話している。どうやら席を譲ったらしい。ちょうどスマホが震えたので見てみると、織羽からメッセージが来ていた。

【ちょっと渡り廊下まで来てよ】

【おう】

クラス教室がある南校舎と、職員室や理科室などの特別教室がある北校舎。それを繋《つな》ぐ二階の屋外渡り廊下に、織羽はいた。口を尖《とが》らせて思いっきり文句を吐き出しながら、購買部で買ったらしいサンドイッチを立ち食いしている。

「なんなのあの子たち！　私がまだ食べてるのに机使いたいアピールしてきて！　いいじゃない、立ったまま話せば。机をくっつけないと死ぬの？　テトリスの亜種？　こちとらアンタたちのせいでブロックじゃなくてストレスが積み上がってるわよ！」

「ゲームオーバーにならないようにしてくれよ」

ふくれっ面で玉子サンドを一気に食べる織羽。一週間過ごして分かったことだけど、調子が良いと毒舌が増すらしい。どんな体質だよ。

「さて、食べ終わったからちょっと校内散歩しようかな」

「教室戻んないのか？」

「あめすけ、今行ってもあのテトリス女子がくっついてるわよ。昼休み終了五分前くらいになって戻れば、『あ、ごめん』ってどいてくれると思うわ」

「さすが慣れてるな……」

そんなわけで、俺と織羽は昼休みを北校舎の散歩に使ったのだった。

放課後、今日は幾つかのグループが残って、オススメのヘアアクセサリーやゲーム実況動画の話をしている。彼や彼女からしたら普通のことでも、俺からすればそうやって話せるだけで十二分に羨《うらや》ましい。

こういうことを言うと「えー、気にせず混ぜてって言えばいいじゃん！」って言ってくる人とかいるじゃん？　舐《な》めてんのか。それが！　出来たら！　苦労しないんだよ！

混ぜてって言ったら、絶対みんな心の中で「まあ仲間外れにするのも良くないしな」みたいな思考になって混ぜてくれるのよ。で、俺もこのぼっち業界慣れてるからそれにちゃんと勘付けるのよ。「あ、この人たち、『まあ仲間外れにするのも良くないしな』って思ってるんだろうな」って分かるのよ。そうするとどんどん「気を遣わせてごめんね……」って落ち込んでいって最終的に用事があることにして抜ける。そうやって不器用に生きてきました。

教室を出ようとすると、織羽《おりは》もバッグを持って立ち上がる。「一緒に出よう」なんて誘うことはないけど、お互いなんとなく空気を読み合って同じタイミングでドアに向かい、クラスの呪縛から逃れる。

「外に出て良かったの？　教室でそのまま話してもいいけど」

「イヤだ。みんなが俺たちのこと見て、『あの二人、誰も話す相手いない同士でつるんでるのかな』って思われたらしょんぼりする」

「ふふっ、面白いなあ、あめすけは」

右手を口に当て、織羽はクックッと笑い声を漏らす。俺が中学時代に転校先でぼっちだったことも、そのせいで勉強ができるようになったことも、全部彼女には話した。

「さて、今日はどこに行くかな」

「この前は地学準備室だったわね」

どうやって復讐《ふくしゅう》するか、何日かに一回、織羽と一緒に作戦を練るようになった。でも、教室を出ると行き場がない根なし草。ファミレスに行ってクラスメイトにばったり会ったりでもしたらおちおちドリンクバーも利用できないので、先週からは放課後こうして空き教室を探すようになっていた。

「じゃあ三階にあった社会科準備室に行ってみるか？」

「いいね、他の人が使う前に行こう！」

織羽が数歩前を走り出し、俺も早足で付いていく。心配は杞憂《きゆう》に終わり、数分後、俺たちは誰も使っていない北校舎の社会科準備室に入り、ぽつんと置かれていた机と椅子に座っていた。

「はあ、早く復讐したいなあ」

「ライブ行きたいなあ、みたいなノリで言うなよ」

椅子に寄り掛かり、後ろの二本の脚で揺れている織羽《おりは》が小さく溜息《ためいき》をつく。

「でも、そろそろどんな風に復讐《ふくしゅう》するか決めないとな。対象も多すぎるし、全然想像がつかない」

「ね、どうしよっか。私も具体的なアイディアはないのよね……この学校で人気のイケメンの裏アカでも暴《あば》こうかな」

裏アカウント。SNSで、本来のアカウントとは別にこっそり作成している匿名アカウントだ。

「裏アカなんて、持ってるかどうか分かんないだろ」

「いいや、持ってるはずよ！ 陽キャなんだから、表では『今日もサッカーの練習頑張るぜ！』なんて書いておきながら、裏ではとんでもない自慢してるに決まってるわ。プライベートマネージャーって名目のファン五人からはちみつ入りレモネードもらって一番美味《お》しかった女子とその場でキスするみたいな遊びやってるのよ、どうせ」

「屈折した偏見がひどい」

何もしてないのに貶《おとし》められてるサッカー部がかわいそう。

「百万歩譲ってやってたとして、別にネタとして表のアカウントで自慢すればいいだろ」

「あめすけ、分かってないわね」

彼女は芝居がかってチッチッチと指を振ってみせた。

「そんなこと表で出したら感じ悪いじゃない？　裏で投稿しておいて、友達にこっそり自慢する方が『オレ、実はみんなに言えないヤバい秘密あるんだよ』感があって、より楽しいに決まってるわ！」

「サッカー部に恨みでもあるのかよ……」

「ある！　というか部活に入ってるだけで恨む！　ズルい！」

鬱憤《うっぷん》を晴らすやりとりをした後、復讐の作戦会議をするけど、名案は出てこない。そりゃそうだろう。陽キャに簡単に近づいて復讐できるようなら、そもそもこんな風になってない。遠い距離からでも攻め込める手段が必要だ。俺たちは合戦でもするのか。

「あめすけ、いっそ『これを三人に回さないと不幸になります』って手紙とか送ってみるのどうかな？」

「高校にもなってそんなの信じるヤツいないだろ」

「確かに。それをネタとしてSNSに投稿して、異性から『笑っちゃった。でもちょっと怖がってるの可愛《かわい》い』とか『怖いねー笑　ところで久々にカフェデートしよ！』とか十件くらいコメントついて終わりね」

「そこまでは言ってない」

ちょこちょこ毒が入ってくるんだよな。

「というか、ずっと気になってたんだけどさ。サッカー部だからって陽キャとは限らないんじゃないか？」

「えええっ！」

彼女の唐突な叫び声で、俺の方が驚いてしまった。

「そんなことないわよ！　全員陽キャに決まってるわ！　まずネットで『陽キャ』を調べると、こう出てきます。『性格が明るく、人づきあいが得意で活発な人』」

「織羽《おりは》、それ暗記してるの？」

脳のメモリをそんなことに使うなよ。

「まずサッカーなんて万人に人気のスポーツをやっている時点で明るい性格なのは間違いないわよ。暗かったり後ろ向きだったりしたら、泥だんご部の方がいいんだろうな……ってなるに決まってるもの。それにチームプレイだから人付き合いも大事よね。最後に活発さ。校庭で毎日あんな風に練習して、たまに代表戦をスタジアムとか友達の家でワイワイ見たりして、活発以外の何物でもない。よって、サッカー部は陽キャである！　はい、あめすけ、聞いててどう思った？」

「よくそんなにスラスラと出てくるなあと思った」

あと泥だんご部って何なの。真球に近いだんごを作る大会とかあるの。

「んー、やっぱり復讐《ふくしゅう》のアイディア浮かばないね。ちょっと散歩しながら考えよっか」

「だな、ずっと閉じこもって考えてても良い案出ない気がするし」

部屋での熟考を諦《あきら》め、廊下を歩いて、二階へ降りていった。昨日は雨だったけど今日は快晴で、窓ガラスから夕暮れになる手前の陽光が漏れ、織羽の暗めの茶髪を黄金色に照らす。ちらっとこちらを見た彼女の、まつ毛の長さに見蕩《みと》れてしまう。

やっていることは作戦会議という名の雑談で、実際はただの傷のなめ合いのような時間で。だけど、少しずつ織羽と普通に話せるようになっていることが嬉《うれ》しかった。

「暑いのによく外で部活なんかやるなあ」

「分かる、俺もすぐバテそう」

校庭から運動部の声が聞こえる。ホイッスルを鳴らしているのはサッカー部だろう。俺たちがろくでもないことを企《くわだ》てている間に、彼らはアオハルに浸っている。

復讐なんて考える方が間違ってるんじゃないか、俺たちが頑張って陰から陽に変身していく方がいいんじゃないか、なんて出来もしない妄想を巡らせていた、その時だった。

「あれ、どしたんだろ？」

織羽が少し遠くを指差す。

北校舎の一番西側、突き当りの教室で、男子生徒が三人、なにやら入り口のドアの前で騒いでいた。

傷ついた楽器

「どこかの部活かな？」

騒いでいる教室を指す織羽《おりは》。廊下から九十度左を向いたところに入り口がある他の教室と違って、西端《せいたん》のその教室は入り口が廊下から真っ直《まっす》ぐ入れるようになっている。みんなドアの方を向いてるので、ここからだと男子の頭しか見えない。

「ああ、あそこは何だったかな」

「え、あめすけ、部室の場所暗記してるの？　趣味？」

「人に言えない趣味を捏造《ねつぞう》するな」

織羽は納得したように「特技だね」と返す。特技でもないわ。

「部活紹介のときに部室の地図付きのパンフレットもらっただろ。どんな部があるか気になってたから、なんとなく覚えてた。あそこは確かジャズ研究会だな。ほら、紹介イベントでジャズ演奏してただろ？」

その言葉を聞いた途端、織羽は口をひん曲げた。

「ふうん、ジャズねえ」

「なんだよ、嫌な思い出でもあるのか？」

「そうじゃなくて。高校生で『ジャズ聴いてます』なんてのは、ジャズが好きなんじゃなくて、『ジャズが好きな自分』が好きなのよ！」

「いきなり偏見を持ち出すのやめて」

　突然ストレートな毒を吐くなよ。

「高校生で普通にジャズが好きって人もいるだろ」

「高校生で普通にジャズが好きって人はいない！」

「断言しちゃった」

　声のボリュームを下げて！　向こうに聞こえるから！

「ユーチューブで作業用BGMとしてちょっと流すことはあると思う。でも、『やっぱり、あの人のサックスのアドリブ、好きだなあ』なんて言う人は自分に酔ってるだけ！」

「待って待って、それオーケストラとかでも聞く話だろ？　この楽団がこの年に演奏したこの曲が良いとかさ」

「そうよ、だからオーケストラだろうがジャズだろうが、高校生でそういうことを言う人は酔ってる」

「色んな人を敵に回していくなよ」

　どうすんだよ、いつか親友ができたときに交響曲大好きだったら。

「でも俺、別にめちゃくちゃ好きってわけじゃないけど、小さい頃から爺《じい》ちゃんの家でジャズ聴いてたからそれなりに詳しいぞ」

俺の言葉を全部聞き終わるか終わらないかのうちに、織羽《おりは》はムンクの叫びと同じポーズを取り、ひえっと悲鳴を上げた。

「でったー！　あめすけ、でましたー！　幼少期から〈本物〉の〈音楽〉に触れてましたアピール！」

「織羽、言い方言い方」

「そういう人がたまたま歌をＳＮＳでアップしたりして、それがバズってデビューしたら、『小さい頃から音楽好きな祖父の影響で音楽に触れ……』みたいな、〈音楽に愛されし者〉みたいなラベル貼ってくるのよ！　まだ若いのにデビューアルバムに『深淵《しんえん》』とか『厭《えん》世《せい》』みたいな意味深っぽいタイトルつけて、私の音楽を聴くには一定の教養がないといけませんって感じに仕上げてくるんだから！」

「もうアーティスト全般の悪口になってるぞ」

日頃思ってたとしても、立て板に水で言えるのがすごい。

「まあ私も知識だけはあるけどね。ジャズをテーマにした小説読んでたから。中学のときにあれを読みながら、『喋《しゃべ》らなくても音と音で分かり合える、とか何言っちゃってんの』って思ってたわ。会話と空気の読み合いがなかったら旋律も友情もぐちゃぐちゃになるし。

そんなことより、何が起こったかちょっと気になるわね」

　そんなことより、の前が強すぎて全く聞き流す気になれないけど、ここは我慢して調子を合わせる。

「どうする、話聞きに行くか?」

　部室まで二十メートルほど距離があり、ここからだと何を話してるか分からない。

「うん、行ってみよう、かな」

　そう言うと、彼女は上履きを廊下から離すことなく、右足をずっと前に出した状態で擂《す》り足で進んでいく。竹刀を持っていたら完全に剣道。

「………」

　そして無言で十メートルほど行って、戻ってきた。

「何してんだよ」

「だっていきなり行ったら不審でしょ」

「そりゃその歩き方だったら不審だよ」

　平常時の人間らしく歩行しろよ。

「それに、どんな風に声かけていいか分からなくない?」

「いや、普通に『何かあったんですか?』って聞けばいいんじゃないか?」

「それがすぐにできたら苦労しないわよ。ちょっと待ってて、他の方法を考えたから試してみるわ」

そう宣言し、織羽《おりは》は今度は普通の歩き方でジャズ研究部の部室に向かっていく。そして、かなり緊張した面持ちで、たじろぎつつ彼らに近づいたり遠ざかったりを数往復繰り返した後、俺の前まで戻ってきた。

「ダメね、全然声かけてもらえないわ」

「スカウト待ちのモデル志望か」

うまく話せないのが恥ずかしかったのか、織羽はそっぽを向いて軽く膨れる。その仕草や、強がっているのにうまくいってないところが、妙に可愛《かわい》く見えてしまう。

「そうだ！　あめすけが話しかけてよ」

「なんで俺が」

「何でもするって言ったでしょ？」

「ここでそれを持ち出すのかよ……」

多少意地の悪い笑みを浮かべる織羽に向かって溜息《ためいき》をつき、彼女より二歩前に出る。

「どんな風に声かけるかなあ」

「普通に『何かあったんですか？』って聞けばいいんじゃない？」

「どっかで聞いた回答だ」

小さく深呼吸して、俺もゆっくりと彼らに近づいていく。が、勇気が足りなくてまた少し後ずさり、それを繰り返す。犬が怖くておそるおそる通る小学生かお前は。

よし、言うぞ、言うぞ。

「あの、その、すみません。その、ここで何かあったんですか？」

こそあど言葉多めに質問する俺に、三人が振り向いた。ワインレッドのネクタイ、一年生が一人に、深緑のネクタイの二年生が二人だ。

「はい。俺たち、ジャズ研なんですけど、使ってる楽器が傷付いちゃってて……」

そこまで話した後、二年生の先輩はつい話してしまったと言わんばかりに話題を切り替え、「何か用ですか？」と訊《き》いてきた。いや、それはそうだよね。俺も織羽のこと笑えないくらい不審だったもん。見えたのよ、三人がちょっとこっちを見てる様《さま》が。でもまあ、あんな反復運動してたら誰も声かけてこないよね。

「え、傷付いたって……楽器大丈夫ですか？　先生とか呼んできますか？」

「いや、そこまでではないんですけど——」

「あめすけ！　こっち！」

犬か猫の如《ごと》く呼ばれたので、ジャズ研の二年生に「すみません」と断って一度戻った。

さっきからこの二人、完全に怪しいヤツである。なんなら織羽があの三人の中の誰かに告白するっぽい雰囲気まで出てるから早めに誤解を解いておきたい。

「どうしたんだよ、織羽。ちょうど、なんで話しかけてきたのか、それっぽい理由考えようと思ってたのに」

「その理由はもうあるわ」

力強い、彼女の言葉。その瞳は、漫画にしたら星が映るだろうというほどキラキラと輝いている。

「楽器に傷を付けたのが誰なのか、私が解き明かすことにする！」

「………は？」

なんだ？　なんか今この人変なこと言わなかったか？

「織羽《おりは》、気のせいかもしれないけど、『私が解き明かすことにする』って聞こえたぞ？」

「よく聞こえてるじゃない。そうよ、解き明かすの」

ダメだ、なんか根本的に彼女の言うことを理解しきれてない。

俺は織羽の腕を引っ張り、少し彼らと距離を置いた。

「あのな、織羽。まず誰かが傷付けたのかどうか分からないだろ？　単に運んでる途中とかに傷付いただけかもしれないし」

「そんなことないわよ。さっきあの二年生、『楽器が傷付いちゃってて』って言ってたわ。ということは、意図しない形で、しかも本人たちが知らないうちにそうなったってことよ。イタズラで傷を付けられた、とかね」

「確かに言い方的には……いや、だからと言って、なんで織羽が解くんだよ。復讐《ふくしゅう》はどうしたんだ？」

そう訊《き》くと、彼女はグッと胸を張ってみせる。世の男子なら無条件で凝視してしまう、というプロポーションではないけど、小学校時代からずっと一緒にいた俺からすれば、それなりに成長していることはちゃんと理解できた。

「分かってないね、あめすけ。これを解き明かすことが、復讐に繋《つな》がるのよ！　なぜなら、犯人は陽キャに決まってるから！」

そういう彼女は、もうすっかり推理を披露する役になりきっていた。

「あの、織羽さん、質問があるんですが」

「はい、あめすけ君、どうぞ」

挙手もしてない俺を指名する織羽。ノリノリだな。

「まだ何にも詳細聞いてないのに、なんで陽キャが傷を付けたって分かるんだ？」

「待って、逆にそんなことも分からないの？　まったく、学年首席っていっても所詮はこんなもんだよね」

両手のひらを上に向け、欧米人がやるような「やれやれ」のジェスチャーを見せる。でも、別にカチンとはこない。むしろ、真相を知りたい欲求の方が強かった。

「受験はたまたまだからさ。早く理由を教えてくれ」

「分かったわ。簡単なことよ。きっとね、ふざけて楽器使って面白動画とか撮ろうとして傷付けたのよ。そんなことやるの、絶対陽キャに決まってるじゃない！」

「え、決めつけ！」

なんて純然たる偏見なんだ！

「スマホで撮影して、『運動部に全青春捧《ささ》げて音楽経験ゼロの俺たちが楽器勝手に触ってみた』みたいなタイトルでSNSに投稿して拡散する気だったのよ、間違いないわ」

「あの……怪しいと思ったきっかけとか、証拠とか、そういうのはないの？」

「あるわけないでしょ。そもそも何が起こったのかも分かってないのよ。あめすけ、何言ってるの？」

そっちこそ何言ってんだよ。

「仮にその人が本当に傷を付けてたとしてだ。それを動画に撮ってるかどうかは分からないだろ」

「いいえ、分かるわ！　あめすけ、覚えておいて。陽キャっていうのはね、ネタ動画を撮り損ねると悔しさで溶ける生き物なの。コンビニのバイトに入ってる陽キャの高校生は全員もれなく自撮りしながら、機械に直接口をつけてソフトクリームを食べてるのよ！」

「ちゃんとバイトしてる高校生に失礼すぎでは」

あと悔しさで溶けるってどういうこと。

「それで、陽キャがやってたとして、何で織羽《おりは》がそれを解くのが復讐《ふくしゅう》になるんだよ」

「それこそ簡単よ。このトラブルを解決して、楽器に傷を付けた不届き物が表沙汰になれば、その陽キャの青春を潰《つぶ》せるでしょ！」

潰せる、のところで何かを叩《たた》き潰すように目の前でバチンと両手を合わせた。

「ネタとして英雄扱いされるのは一瞬のこと。友達からもダサいことしてるって思われて、クラス内の人気者ランキングは急降下。部活の先輩からも呆《あき》れられて、後輩に『あんなダサいヤツにはなるなよ』って反面教師にされて、人望を失っていくわ。あの世代はカッコいいかダサいかだけが世界の全てだから」

「さっきからスムーズに極論が入ってくるな……」

世界の全て、もう少し何かないの？　そして俺たちも同世代だよ。

「ということで、これを解決することで一人の陽キャのアオハル奪える！　最高ね！」

「別に奪っても織羽のにはならないんだぞ？」

「奪うだけでいいのよ。私が欲しかったけど手に入らなかったものを奪えたって事実が明日の一番の活力になるわ！」

心から嬉《うれ》しそうにガッツポーズを決める織羽。こんなにはっきり言い切られると納得してしまう。「他人の不幸は蜜の味」という言葉が頭を過《よ》ぎった。

「青春は諦《あきら》めたって言ったでしょ？　私が幸せにならなくていい、周りが今よりほんの少し不幸になってくれればいい。そうやって世の中の人の『心のしんどさ』みたいなものを平準化できればそれでいいの」

「……そんなに言われちゃ、協力するしかないよなあ」

「うへへ、ありがと、あめすけ」

彼女は顔の前にピースを作って破顔する。その表情は、闇の深い願望を抱えているようにはとても見えないくらい、透明感のある笑顔だった。

「はい、じゃあよろしくね」

「よろしく、とは？」

「私が協力して解き明かすって話をジャズ研にしてくれるんでしょ？」

「さっきより難度高いな……」

見ず知らずの俺たちが楽器の件を解き明かすから協力してって頼むの？　それこそ陽キャの出番では？　あの人たちなら「うっす！　何してんすか！」から始まって三分後には友達になってるでしょ？　ダメだ、織羽《おりは》の偏見が伝染してきたぞ。

「よし、ちょっと行ってくる」

コミュニケーションのプレッシャーで窒息しないよう思いっきり息を吸って、もう一度ジャズ研の三人に近づいていく。向こうからしたら恐怖じゃないこれ？　さっき倒して消えたはずのモンスターが復活してまた迫ってきた、みたいな。これが会話に困って何度かリトライする陰キャゾンビの正体です。

「あの、何度もすみません」

三人が一斉に振り返るのを確認して、俺は一気に話した。

「その、俺の友達が、ほら、あそこにいるクラスメイトなんですけど。その、ね、誰が楽器に傷を付けたか、解き明かせそうかな、なんて言ってまして。いやー、その、別に捜査するみたいな仰々しいことではないんですけどね。でもなんか、彼女がそういうの得意？らしい？　ので役に立てればな、なんて思ってて。いや、もちろん困ってたらですけど」

都合の悪い答弁をする政治家でももう少しはっきり言うだろうというくらい持って回った言い回し。彼らもぽかんとしていたものの、徐々に理解してきたらしく、「あー……じゃあ話だけでも聞いてもらえますか？」と了承してもらった。

「あめすけ、ありがと……ってどしたの？」

「いや、なんでもない、気にしないでくれ……」

報告に行った俺の顔を窺《うかが》う織羽《おりは》から目を逸《そ》らした、これから脳内反省会の時間です。

雨原亮介《あめはらりようすけ》よ。お前、織羽の役に立つって決めたんだろ？　それなのにこのザマよ。この前公園横を歩いてるときに見かけたあの幼稚園児を思い出せ。違う幼稚園グループの鬼ごっこにスッと混ざっていっただろ。あのスキルをどこかに忘れてきたのか？　今のままだとスキルが幼稚園児以下だぞ？　もも組やさくら組に混じって、俺だけ負け組だぞ？

そんな俺の横に並んだ織羽は、思いっきり目を泳がせながら、ペコリと一礼した。

「その、一年五組の、岩里《いわさと》織羽です。えへへ……急に、あの、変なお願いしてしまってごめんなさい。良かったらお話聞かせてください」

「さっきは、どうも。同じクラス、あ、彼女と同じってことです、はい、雨原亮介です」

受験科目に「挨拶」があったら間違いなく不合格になる話しっぷりで、二人揃《そろ》ってジャズ研の三人に頭を下げる。すると、深緑のネクタイの二年生のうち、もじゃもじゃの天然パーマの先輩が話し始めた。

「えっと、よろしくお願いします、ジャズ研究会の阿久津《あくつ》です。本当は三年生も二人いるんだけど、どっちも幽霊部員なんで僕が会長代理をしてます。で、もう一人の二年生の小《こ》菅《すが》と、一年生の家倉《いえくら》です」

小菅さんは眉や耳にかかるくらいの黒髪の銀縁メガネ男子、家倉さんは長身とやや主張の強い眉が特徴だ。

「それで、今回の件なんですけど……ここが俺たちの部室なんです」

三人がスッと体をどけると、部屋のドアが見えた。入口に蝶番《ちょうつがい》の掛け金がついていて、錠が開いた状態の南京錠《なんきんじょう》が嵌《は》めてある。

「ここの南京錠、昨日壊れちゃったんですよ。ガチャってうまく締まらなくなっちゃって。で、一応ここに掛けるだけ掛けておいたんです。で、今日新しい南京錠を用意して来たんですけど、部室に入ってみたら、コントラバスの裏面に傷が付いてたんです」

コントラバス。人が抱えるようにして弾く、オーケストラでは一番低い音を担当する弦楽器だ。

「ジャズギターなんかも置いてあったんですけど、置かれ方が昨日と微妙に違ってて……だから、誰かが鍵が開いてることを知って部室に入って、一通り触ったんじゃないかなって思ってるんですよね」

「ふむふむ、誰かが侵入して触ったんじゃないかと」

阿久津《あくつ》さんは溜息《ためいき》をついて頷《うなず》く。その目から読み取れるのは、怒りではなく悲しさだった。

「大事《おおごと》にする気はないんです。そこまで深い傷じゃないし、コントラバス自体が弾けなくなったわけでもないので。でも、修理も多少お金がかかるので、やった人はちゃんと見つけたいなって」

彼がそう話すと、織羽《おりは》はクククッと口角を上げる。そして、軽快な足取りで二歩進み、部室の南京錠《なんきんじょう》を握った。

「勝手に部室に入るだけでもダメなのに、楽器に触ってしかも壊すなんて許せないですよね。でも大丈夫です、私が必ず侵入者を見つけ出します！」

俺たちの方を振り返り、ドンと胸元を叩《たた》く織羽。「そしてその侵入者の青春を奪ってみせます！」という続きが、彼女の声で脳内再生された。

部室調査とバンドマン

「早速、部室を見せてもらっていいですか？」

「はい、分かりました」

阿久津さんが南京錠を外して、ガラガラとドアを開ける。三人に続いて入りながら、俺は彼女に耳打ちした。

「ところで織羽、こういう謎解きみたいなことできるのか？」

彼女は目を見開いてきょとんとする。そして何か考え事をするように上を見たあと、もう一度俺に視線を合わせた。

「できるかどうか、考えもしなかったわ」

「なんでだよ」

解決するって大見得《おおみえ》切ってましたけど。

「まあでも、大丈夫。私結構ライトミステリとか閃《ひらめ》きパズルみたいなの大好きで読んでるからきっと活《い》かせるわよ。なんたってほら、中学のときは休み時間も本読んでたし、部活ないから家帰っても本読んでたし――」

「ストップ！　この話いったんやめよう！」

これ以上すると精神衛生上良くない気がする。

「それに……学年一の秀才がいれば大丈夫よ」

彼女は俺の肩をトンッと軽く叩《たた》く。「でしょ？」と言わんばかりの表情で。

「できる限りのことはするさ」

期待を込めた目に、応えないわけにはいかなかった。

「お邪魔します」

部室は普通のクラス教室より少し狭いくらいだけど、机がないから随分広く見える。壁にくっつける形で、楽器や楽譜、譜面台などを置くための銀色の金属棚が設置されており、楽器が入っているであろう黒いハードケースが幾つも置かれている。ドラムなどの大きな楽器も部屋の隅に寄せられていて、部屋の真ん中に何脚か置かれた丸くて茶色い座面のスツールは、床から大きなキノコが生えているかのようだった。

「あのケースに入ってるのがギター、あっちがサックス。コントラバスは奥に立てかけてあるあれだよ。今日部室に来たときにも全部ちゃんとケースに入ってたから、弾いた人が戻したんだろうね」

眼鏡の右テンプルを人差し指で上げながら、小菅《こすが》さんがしょげた様子で順に指差していく。落ち込み方から察するに、どうやら彼がコントラバスの演奏を担当していたのかもしれない。

「ちょっと拝見しますね。あめすけ、ケース外すの手伝ってくれる？」

織羽《おりは》が部室右手奥の角に寄り掛からせているコントラバスに近づく。さすがに大きくてハードケースには入らないので、グレーの布製の専用ケースにくるまれていた。担《かつ》げるようにショルダーベルトも付いているそのケースは、ふた側全面がポケット仕様になっている。楽譜や筆記用具を収納するのだろう。

二人で上からケースを外していくと、途中で小菅さんも加勢してくれた。姿を現した、焼き立てのクロワッサンのような色のコントラバスを、小菅さんが支えているうちに裏から覗《のぞ》くと、確かに裏面の左側に引っ掻《ひか》いたような傷があった。

その傷を織羽と二人、並んで観察する。

「他の楽器には傷はなかったんですよね？」

俺の問いに答えたのは、同じ一年生の家倉《いえくら》君だった。

「うん、触った後はあったけど、特に傷とかは付いてないよ」

「なるほど、やっぱりそういうことね」

彼の返事に、織羽は俺より速く反応する。え、そのリアクションって、まさか。

「織羽、何か分かったのか？」

「うん、まあ侵入した人をある程度絞り込めただけだけどね」

「ホントに！」

家倉《いえくら》君がぱあっと明るい表情になる。織羽《おりは》が細長い人差し指をビシッと俺の方に向けると、その拍子に横の髪がピンッと外ハネした。

「ギターに触れたってことは弾こうとしたってことでしょ？　弾けるってことは家でもギターを持ってるってことよ。ってことは、どう考えてもバンドやってる陽キャの可能性が高いわね！」

「どこがどう絞り込めたんだよ」

家倉君を見なよ。びっくりするほどポカンとしてるじゃん。

「あのな織羽、ギター弾けなくてもギター触ることはあるだろ？　弾き真似《まね》してみたりとかさ」

「ギターを弾き真似してキャッキャするだけの人間ならわざわざコントラバスまで手を出さないわよ。ギターをちょっと爪弾いたうえで『コントラバスも触ってみようぜ』って感じで手を出したに決まってるわ。だからバンドマンなの！」

「固い信念を感じる……」

こんな決めつけスタートで謎解きができるのか。

「織羽、バンドマンに何か恨みでもあるような口ぶりだけど……」

「個人的に恨みがあるわけじゃないけど、青春送ってる人はみんな憎いからね。強《し》いて言うなら、『俺たちはメッセージを歌にしてるんじゃねえ、叫びにしてるんだよ』って感じで熱い青春送ってますスタンスが気に入らないわ。でもって、オリジナル曲がなきゃ、とか言って作詞しては、しょっちゅう桜が舞い散ったり光が降り注いだり瞳を閉じたりしてるんだから」

「バンドマンに謝れ」

ジャズ研の三人を見なって、君の毒に恐れをなしているよ。

「あめすけもちょっと陽キャの気持ちになって考えてみてよ。どんな人だったら勝手に部室に入って楽器を弾いちゃうのか。相手の特徴を推察するプロファイリングは謎解きの基本でしょ？」

「え、気持ちになって？」

「そうよ。ほら、自分がゴリゴリに明るいポジティブ高校生だったらどうするか想像してみて」

言われた通りに目を瞑《つぶ》って考えてみる。どんな高校生ならこの部屋に来るか。

が、すぐに目を開けた。

「……いや、やってみたけど無理だ。俺の中にいる一人の俺が『お前が今更ポジティブキャラとかガラにもないことやってさ』って嘲笑してくる。『誰も見てない、気にしてない』

って言う人もいるだろ？　違うんだよ、俺が見てるんだよ！　俺が風船ならとっくに羞恥心で破裂してる」

「そんな話はしてないでしょ！」

大きな溜息《ためいき》をつかれる。あれ？　このコンビで解決できる気がしなくなってきたぞ？

「今のところ、陽キャのバンドマンって条件しか出てきてないんだけど、もう少し具体的に絞り込めないか？」

「んん……あるいは、バンドのアニメにハマって勢いでギターを買って二ヶ月だけ弾いて売り払った陰キャオタクの可能性もなくはないわね」

「俺の話聞いてなかったのか」

候補広がってんじゃん。

「でも実際、誰かが鍵が開いていることに気付いてこの部室に入ってきた、と仮定すると絞り込むのは限りなく難しいな」

「ん、ちょっと待って」

織羽《おりは》は右の手のひらで俺を制し、握った左手を口元に当てて黙りこんだ。こうやって静かにしていると、切れ長の目もツンとすましたような小さな鼻もやっぱり美人に見える。

「……あっ」

不意に彼女は、ハッと何かに気付いたように顔を上げ、入り口のドアを見遣《みや》る。

「用がなければ生徒が来ない北校舎の端っこにある教室、しかも昨日部活が終わって鍵が壊れてることに気付いたのは夕方でしょ？　夕方たまたまここに来て、鍵が壊れてて入れるようになってるって発見するなんて、そんな偶然あるかな。誰か、壊れたことを知ってた人がいたんじゃない？」

「おおっ、確かに」

言われてみればその通りだ。ジャズ研の人たちは壊れた南京錠《なんきんじょう》をドアに掛けておいたと言っていた。ぱっと見は鍵がかかってるように見えるはずだから、部室の前まで来ないと分からない。

「あの、皆さん以外で、鍵が壊れたこと知ってる人っていませんか？　近くで聞いていた、とか」

「あ、それならいるよ」

織羽の問いに反応したのは小菅《こすが》さんだった。

「鍵が壊れたって昨日も俺たち騒いでたんだよ。そのときに、三つ隣の部室で将棋部がちょうど帰ろうとしてたから、あの人たちなら知ってるかも」

「織羽、やったな！　怪しいグループが絞れたぞ」

「しょうぎぶう？」

俺のリアクションに対し、嫌いな野菜を取り皿に盛られた子どものように織羽が顔を歪《ゆが》める。美人が台無し。

「あのね、将棋部がジャズに興味あるわけないでしょ！　あの人たち、駒打ってるパチパチ音で十分楽しいんだから！」

「その全方向に敵作ってくスタイルなんなんだよ」

陽キャにだけ刃向けるんじゃないのかよ。

「敵は陽キャなんだろ？　将棋部にあんまり陽キャのイメージないけど」

ジャズ研に聞こえないように小声で話すと、彼女はキッとこっちを睨《にら》んだ。

「あめすけ、誤解してるわ。復讐《ふくしゅう》のメインの標的は陽キャだけど、文化部だってズルいと思ってるし腹は立つからイライラはぶつけていくの。楽しくやってる人はみんなズルい！私なんか部活経験たったの一ヶ月よ！」

「それは悲しい……」

「部活動って何？　人間関係がうまくできないと在籍も許されないのよ？　社会活動の間違いじゃない？」

「分かった分かった、織羽《おりは》さん、俺の負けです」

全てを怒りに変えていくエネルギーの前では俺は無力。

「でも、将棋部が鍵のことを知ってる以上、話を聞く価値はあるだろ？」

「確かに……ジャズにはさほど興味ないと思うけど、勝負に負けてムシャクシャして部室に侵入したってことも考えられるからね」

　こうして、この日の調査は終わりにし、将棋部に詳しく話を聞くことにした。

　翌日、火曜日の放課後。将棋部の三人をいきなり部室から連れ出し、ジャズ研の部屋の前に招いた後、織羽が口を開く。陰キャ特有の人見知りを発動し、しばらく口ごもっていたが、やがて自分に喝《かつ》を入れるように両頬《ほお》を軽くペチンと叩《たた》いた。

「えっとですね……その……」

「今日、皆さんをお呼びしたのは他でもありません。実は、このジャズ研究会の部室で、とんでもないことが起こったんです」

　話の始め方が完全に、謎が解けたときのそれ。

「……ということでコントラバスを傷付けた人がいます。それで、よくよく話を聞いてみると、ジャズ研の部室の鍵が壊れて騒いでいたときに、将棋部の中で皆さん三人が聞いていた、と」

　織羽の横で、ジャズ研会長代理の阿久津《あくつ》さんが小さく頷《うなず》く。さっき将棋部の部室を覗《のぞ》いて、阿久津さんの記憶を頼りに、その場にいたという三人を教えてもらった。ちなみに、あまり大勢で待ち構えるのも将棋部からすれば良い気分ではないだろう、という阿久津さん本人からの助言で、小菅《こすが》さんと家倉《いえくら》さんは同席せずに帰宅している。

将棋部のメンバーは黙って聞いていたが、やがて一人の黒髪短髪の優しそうな顔立ちの男子が、織羽《おりは》に視線を向けたまま手を挙げた。

「あの、将棋部の白石《しらいし》です。すみません、話は分かったんですけど、アナタはジャズ研じゃないんですか……？」

うっ、これはもっともな質問だ。なんで関係ない人間が首突っ込んでるか気になるもんな。織羽、どう答えるんだろう。

「私とこっちにいる雨原《あめはら》君は謎解き好きの帰宅部です。サスペンスドラマにいますよね？　趣味で謎解いちゃう人。ね、あめすけ、ね、つい解いちゃうんだよね、ね」

「お、おう、そうなんです」

めちゃくちゃ念押しするじゃん。圧に負けたわ。

「生徒会が犯人探ししてる、みたいな大げさな話じゃないので、あんまり深く気にせず協力してもらえると嬉《うれ》しいです」

「分かりました。こっちも紹介しておくと、彼が海老名《えびな》で、右の彼が茅野《かやの》です。全員二年生です」

横一列に並んでいる中で、一番左の白石さんが順番に紹介していく。全員が背丈が似ていて裸眼で黒髪。真ん中にいるタレ目の海老名さんの前髪は眉上まで、一番右の少し目つきの悪い茅野さんの前髪が目にかかるぐらいの長さなので、短髪の白石さんから順に髪が伸びる過程を見ているかのよう。

「ちょっと待ってくれよ、俺たち何もやってねえよ」

茅野さんが苛立《いらだ》ちを募《つの》らせるような声で目をキッとつりあげる。

そう、ここが肝心。関係ない人間から疑いをかけられて不満が出ないわけがない。どう乗り越えるか、織羽の腕の見せどころだ。

「いや、そうなんですよ、私も正直そう思ってるんです。将棋部がジャズとかオーケストラに興味持つわけないって。管弦楽より金銀角《きんぎんかく》でしょうし」

「なんてね！　ちょっと彼女、色々尖《とが》ってまして！　えへへ」

秒で誤魔化《ごまか》した。ウッソでしょ、いきなりそんなアクセル全開なの。

ああ、将棋部が俺たちを見る目が「なんだこいつらは？」に変わっていく……対局中の食事で敵が流しそうめん食べてもこんな風に不思議がることはないんじゃないかな……ごめんなさい、俺がちゃんとコントロールできてなくて……。だめだ、どんどん気分が沈んできた。駒でいえば歩にも劣る匍匐《ほふく》前進。自己肯定感が全く前進しない。

「たまたま疑われる場所にいちゃったから不運といえば不運なんですよね。飛車角みたいに速く動いて帰ってればこんな風にはならなかっ――」

「織羽さん、もうそこら辺で！　部室見てもらお！」

暴走している織羽の口を押さえ、ジャズ研の部室にみんなで入ることにした。

「へえ、ここで演奏してるんですね、普段から聞こえてますよ」

「かなり音絞って弾いてるんですけどね。すみません、将棋の邪魔になってたら」

「いえいえ、全然です。気遣《きづか》ってもらってありがとうございます」

白石《しらいし》さんが楽器の入ったハードケースに目を遣《や》る。さっきまでやや怒っていた茅野《かやの》さんは「うちの部室より広い」と羨《うらや》ましそうにキョロキョロ見回していた。

「あれ、サックスですか？」

「あ、そうです、テナーサックスです」

これまでほとんど話していなかった海老名《えびな》さんが訊《き》くと、阿久津《あくつ》さんはケースを開けて少し大きめのサックスを取り出した。

白石さんと茅野さんも、それをまじまじと見つめる。

「いつもこれ吹いてるんですね」

「あとドラムとか木琴？　も聞こえてくるな」

「ああ、ドラムもマリンバもやりますよ！　ちゃんと活動してるの三人しかいないんで、楽器の種類の方が多いんですよね」

将棋部のメンバーは意外とジャズに興味があるらしく、棚の楽器や楽譜を興味深そうに見ていた。毎日部活のときにBGMとして聴いてるから、いつも弾いてる曲などは覚えているらしい。阿久津さんがサックスをワンフレーズ奏でると、「おおー！」と歓声が上がった。

「それで、ウッドベースはあれですか？」

海老名さんが問題の傷付いた楽器を指差す。「え、コントラバスだろ？」と茅野さんが言うと、「別名でそう呼ぶんだよ」と補足していた。

「これです、ここに引《ひ》っ掻《か》いたような傷が」

阿久津さんがグレーの布ケースを外し、コントラバスの裏面を見せた。昨日も見た、手のひらほどの大きさのある白っぽく痕のついた傷。

「ホントだ……一応聞くけど、二人とも何か知ってるか？　あるいは誰か他の部員から聞いているとか」

白石さんの質問に二人は首を振る。「ですよね」と項垂《うなだ》れる阿久津さん。でも、仮に傷付けた本人だとしても、この場ではそう答えるしかないだろう。鍵が壊れていたことを知っている人間がかなり限定されていることを考えると、やっぱり将棋部の三人が怪しい。

話題を変えようとしたのか、白石さんは「すみません、力になれなくて」と首からお辞儀した後、コントラバスをチラッと見た。

「カッコいいですね。座って弾いてるの、テレビで見たことあります」

「あ、良かったら弾いてみますか？」

「え、マジで！」

いち早く反応したのは茅野《かやの》さんだった。阿久津《あくつ》さんが準備している間、織羽《おりは》が話しかけてくる。

「あめすけ、今の聞いた？」

「ああ、返事速かったよな。ひょっとして、真っ先に触って証拠隠滅とか……」

「違う違う。将棋部が『マジで』なんて使うの、プロ精神に欠けると思わない？」

「そこなの」

謎解きはどうしたんだよ。プロ精神に欠けるぞ。

「家で言うならいいけど、今この瞬間は将棋部っていうキャラクターでいるんだから。対局中に『マジで』って言う棋士いる？　『誠《まこと》でございますか』でしょ？」

「そんなこと言う棋士もいないわ」

そもそも対局中にほぼ喋《しゃべ》らないわ。

「よし、これで大丈夫です。茅野さんから弾きますか？」

「うわ、ありがとうございます！」

コントラバスの一番下、エンドピンと呼ばれている黒い棒状の支えの部分をしっかり床に立て、滑らないようにする。茅野さんが椅子に座り、横に置かれていた弓でおそるおそる弦を弾《ひ》くと、ボオオオという低い音色が部室に響いた。次の海老名《えびな》さんは指で弦を弾《はじ》いてベーンと軽快な音を鳴らし、最後の白石《しらいし》さんも海老名さんを真似《まね》して指で弾いた。

「いやあ、楽しいですね！　あ、そう言えばジャズで使うギターって、普通のギターなんですか？」

楽器棚を見ていた白石さんが阿久津さんに尋ねつつ部屋の電気を点《つ》ける。急に働くことになった蛍光灯が、気怠《けだる》そうに時間をかけて点灯した。

「ギターは普通のバンド用とは少し違う、フルアコースティックギターっていうのを使ってますよ。ちょうど今日はうちのメンバーが持ち帰ってるんですけど」

阿久津さんがそう答えると、白石さんが「家で練習してるんですね」とギターの弾き真似をしておどける。「自宅でギター練習とかカッコいいな」と茅野さんが感嘆の声を漏らすと、横の海老名さんも頷《うなず》きながら「カッコイイよね。家だとイヤホンして弾いてるのかな」と返事した。

「ううん……どうしてこんなところに傷が付いたのかな……」

織羽は、出したままになっているコントラバスの裏面、左側にある傷をじっと見つめている。

「あめすけ、これ何でできた傷かな？」

「ううん、俺は刃物かなと思ったんだけど」

「分かる、陽キャと言えば刃物だもんね」

「その連想ゲーム、どこかで設定が狂ってるぞ」

どう繋《つな》がってるんだよその二つ。

「私も刃物かなと思ったんだけど、こんな擦り傷みたいな痕にはならなくて、もっと鋭い感じになると思うのよね。それに左側についてるのも気になる。もし右利きの人が何かでこれを切ろうとしたら、普通右側に傷がつくはずでしょ？」

「確かにそうだな……」

左利きの人がやったか、あるいは右利きの人が誰かに罪をなすりつけるため……色々な考えが浮かんでは、確証まで至らず首を傾《かし》げてしまう。

ズボンのポケットに手を突っ込むと、休み時間に舐《な》め忘れたフルーツ味の飴《あめ》が入っていた。おそらくブドウであろうそのクリアな紫の飴を、ポンッと口に放り込み、もう一度考えてみた。

さっき違和感を覚えた気がした。何か、彼らの話の中で引っかかる部分があった気がするんだけど……。

「阿久津《あくつ》さん、ちょっと座って弾《ひ》いてもらってもいいですか？」

「今ですか？　いいですよ」

織羽《おりは》の依頼に、阿久津さんは快く応じる。「専用の椅子もあるんですけどね、高価なんで」と苦笑いしながら、彼は丸いスツールにがに股のような形で座る。そして。左の太ももの内側にコントラバスの裏板が当たるように楽器を抱えて、右手で弓を持った。左手は上部の指板《しばん》と呼ばれる場所の弦を押さえている。弓を構え、まさに弾こうとしたとき、横で見ていた織羽がグッと前に出た。

「あ……そういうことね！」

「そういうことだったんだ！」

全く同じタイミングで叫んだ俺に、織羽が驚いたように振り向く。将棋部の三人とジャズ研の阿久津さんは、そんな俺たちを交互に見ていた。

「織羽、何か分かったのか？」

「うん、バッチリ。あめすけは？」

「一つだけな。ちょっと教えてもいいか？」

「うん、聞かせて」

部室の隅に来ると、彼女は耳横の黒髪をかき上げ、「んっ」と耳を近づけた。こういう不意に見せる仕草にドキッとさせられてしまう。

「さっきのことなんだけど……」

俺の話を聞いた彼女は、「そうなんだ」と頰《ほお》を緩める。どうやら俺は彼女と違うことに気付いたらしい。そして「新しい情報ありがと。これで侵入者も確証が持てたわ」と右手でオッケーマークを作ってみせた。

実は好きでした

「はい……はい……分かりました。じゃあ、俺たちの方から話しておきます。また追って説明しますので」

将棋部から話を聞いた翌日、二六日水曜の昼休み。相変わらず教室に居場所がなく、一階の中庭まで出てきた俺は通話を切り、ベンチで隣に座っている織羽《おりは》に首を振る。

「ダメだって。今日はみんな塾とか用事があるらしい。そもそもジャズ研は水曜日は部活休みにしてるんだってさ」

「えええええ、そんなあ！」

アーティストのライブチケットが外れたくらいの大声を出して落胆すると、風が吹いて目の前の雑草も肩を落とすようにググっと揺れた。

織羽は昨日の推理を踏まえ、今日ジャズ研と将棋部を集めて謎解きをしたかったらしいが、その旨を連絡した阿久津《あくつ》さんから電話がかかってきて、ジャズ研は参加できないと伝えられた。

「別にジャズ研がいなくても、将棋部に伝えればいいだろ？　むしろその方がみんなに犯人が知られなくていいんじゃないか？」

「そんなんじゃダメだよ、あめすけ！　少しでも多くの人の前で名指しすることで悪評を広めたいでしょ？」

「でしょ、って言われても」

隙あらば俺を共犯にしようとするなよ。

「大体、将棋部は陽キャじゃないんだから、悪評を広めなくてもいいだろ？」

「そうよ、確かに復讐《ふくしゆう》対象じゃないの。でも意外とジャズ好きな気取ってる陰キャ集団ってことで、今回は復讐してあげるわ。ああ、それにしてもジャズ研のメンバーがいないのが本当に悔やまれるわね……明日からみんなに噂《うわさ》されて、クラスのグループメッセージからも外されてほしかったのに」

「そんな悪魔的思想を原動力に謎解きするヤツ珍しいな……」

一度本気でジャズ研究会が参加できる日まで延期することも検討したものの、ゴールデンウィーク後になってしまいそうなので今日の放課後に集まることになった。

「よし、あめすけ、始めるよ」

あっという間に放課後になり、北校舎三階の地学準備室に白石《しらいし》さん、海老名《えびな》さん、茅野《かやの》さんが集まった。織羽《おりは》は「将棋部の部室でやろう！　ギャラリーが多い方が、犯人のダメージは計り知れない！」と叫んでいたけど、俺含め全員の反対により空き教室を使うことになった。

「関係者全員、集まりましたね」

いつもより一段階声のトーンを落として、織羽が口を開く。吊り橋《つりばし》の落とされた山荘で七、八名の容疑者がいる場面っぽい言い方。実際は空き教室に三人。

「昨日一緒に部室に行って確認した通り、ジャズ研究会のコントラバスに傷が付けられていました。それをやった犯人は、この中にいます」

教室は静寂のまま。ザワつくこともない。この展開を、全員予想していたのだろう。

織羽は、人差し指を伸ばした右手をゆっくりと上げ、そして、ある人物に向けて真っ直《まっす》ぐに振り下ろした。

「貴方《あなた》ですね……海老名さん！」

海老名さんはビクッと体を動かす。眉上まである前髪が反動でふわりと揺れた。

「俺、がやったって？　違うよ。っていうか、たまたま鍵が壊れてるってジャズ研が騒いでる場にいただけで犯人扱いされるのは困るなあ。それに、白石や茅野がやったって可能性もあるだろ？」

やや小バカにしたように話す彼に、織羽は冷静に返事をした。

「いや、やったのは海老名さんですね。他の二人よりジャズ好きな貴方が、興味を持ってジャズ研の部室に入ってコントラバスを弾いたんです」

そのまま織羽《おりは》は教室内をぐるぐると歩き始めた。なぜ色んなフィクションの謎解きで探偵がゆっくりと歩き回っているのか、今なら何となく分かる。直立不動だと手持ち無沙汰になるからだ。

「まず気になったのは呼び方です。海老名《えびな》さん、コントラバスのこと、ウッドベースって呼んでましたよね。コントラバス、ダブルベースと呼び名が色々あるんですけど、ジャズではエレキベースと区別するためによくウッドベースって呼びますね。それで気付いたんです。あれ、この人ジャズに詳しいのかなって」

これは俺は聞き流してしまっていたけど、言われてみればもっともな話だった。一人だけ呼び方が違っていたのは、いつも触れている知識のクセが出たんじゃないだろうか。

それはもちろん、呼び方だけじゃなくて弾き方も。

「あとはコントラバスを弾いたときも気にかかりましたね。茅野《かやの》さんは弓で弾《ひ》く、アルコ奏法って呼ばれる弾き方をしてました。でも海老名さんは弦を指《はじ》で弾いて演奏してましたね。あれはジャズでよく使うピチカート奏法です。白石《しらいし》さんもピチカートでしたけど、海老名さんの後だから真似《まね》しただけですね」

そこまで黙って聞いていた海老名さんは、苦笑交じりに首を横に振った。

「いやいや、待って待って。知り合いがウッドベースって呼んでるのを聞いたことあるからそう呼んじゃったんだよ。それに、白石が弓で弾いたから、俺は指で弾いてみようって思っただけだし。ほら、よくCMとかでも見るだろ、指で弾くの。だから、別にジャズに興味があるわけじゃないんだよ」

「ジャズに興味がない。本当ですか？」

「ああ、本当だって」

そこまで聞いた織羽は、俯《うつむ》いたまま顔を長い髪で隠す。ちらりと見える口元から真っ白い歯が見えて、クックックという笑い声が聞こえた。怖えよ、新種の座敷わらしかよ。

「じゃあ海老名さん、隣にいるこのあめすけに教えてもらったんですけど、ギターの件はどう説明しますかね」

「んあ？　ギター？」

「白石さんが阿久津《あくつ》さんにギターについて聞いたとき、阿久津さんはフルアコースティックギターを使っている、という話をしました。白石さん、それを聞いてどういうギターを想像しましたか？」

「どういう？　いや、普通の木で出来てるアコギって呼ばれてるヤツだけど……」

「あっ……！」

海老名さんが悲鳴のような叫びをあげる。どうやら、自分の失態に気付いたらしい。

「フルアコースティックギターっていうのはエ、エ、エ、エレキギターなんです。名前が紛らわしいですよね。実際に白石《しらいし》さんも海野さんも、アコギを想像したはず。でも海老名《えびな》さんだけは違った。こう言ってましたよね、『家だとイヤホンして弾いてるのかな』って。ジャズに興味のない貴方《あなた》が、なぜエレキであることを知っていたんですか？」

そう、これが俺が昨日気付いた違和感。楽器の図鑑で実際の楽器と解説を見たことがあったから辿《たど》り着《つ》くことができた。所謂《いわゆる》普通のアコギを想像していたら、イヤホンを付けるなんて発想は出ないはず。つまり、ジャズで使う楽器に詳しいことの証左だ。

「……それは……その……」

言い淀《よど》んでいる海老名さんに、白石さんが「お前……」と静かに問いかける。違うんだよ、という否定の言葉がサッと出ないところに、彼の余裕の無さが表れていた。

これで話は終わりか、と思ったものの、織羽《おりは》は全く想定外の内容を口にした。

「では、これはあめすけにも話してないんですけど、もう一つの謎にいきましょう。なぜ海老名さんがコントラバスを傷付けたのか、という点です」

「えっ！　織羽、それも解けたのか？」

「うん、多分ね」

俺は誰がやったかというところを探るだけで精一杯だったのに。彼女は本当に謎解きに向いているのかもしれない。あるいは、陽キャに復讐《ふくしゅう》するという目的に向かうパワーが、とてつもない観察眼や洞察力を生むのだろうか。

「白石さん、おそらくこれは事故なんです」

「事故？　わざとやったわけじゃないってことですか？」

「そうです。海老名さんはジャズ研の部室の鍵が壊れていることを知り、ずっと好きだったジャズの楽器を触ってみたくなった。それで、ギターやサックスを弾いた後にコントラバスを弾いたのでしょう。あの擦れたような痕を見るに、弾いてる途中にコントラバス自体が前に滑ってしまったんだと思います。ではなぜ滑ったのか。確証はないですが、二つの不運が重なったんじゃないかなと。一つは、エンドピンですね」

下を向いていた海老名さんが体をビクッと震わせる。茅野《かやの》さんが顔を顰《しか》めながら「エンドピン？」と首を傾《かし》げた。

「楽器の一番下にある、床に突き立てて支えるための金属製の棒です。普段はコントラバスの内部にしまってありますけどね。このエンドピンは、楽器を支える以外にも、振動を床に伝えて響きを増幅させる役割があるんです。で、昨日見たときに、エンドピンに黒いゴム製のキャップが付いていました。滑り止めのためだと思いますが、ゴム付きだと音の響きが悪くなってしまうという説もあるようですね。そう書かれたサイトも見つけました」

「ってことは織羽、まさか……」

織羽はちらっと海老名さんを見た後、俺に向き直ってコクリと頷《うなず》いた。

「そう、多分だけど、もっと良い音にしたくて、キャップを外したんだと思う。そうじゃないとそんなに大きく滑ることはないからね。これが一つ目の理由。でもよく考えてみて、あめすけ。ピンのゴムを外した状態で前にずずっと滑ったとして、コントラバスを床に倒しちゃうことはあっても、背面に傷は付かないでしょ？」

「ああ、うん。っていうことは……そうか、倒れた先に鋭利なものがあったのか！」

「大はずれ。何なのよ、床に垂直に立ってる鋭利なものって。野生のナイフ？」

「もう少し俺を労《いたわ》れよ」

謎解きモードだと毒が強い。

「両手で持っていれば大きく滑ることはないでしょう。だから容易に想像がつきました。海老名さんは片手になっていた。そして注意が散漫になっていた。おそらく、セルカ棒、自撮りするためのあの道具で、弾いている自分を撮っていたんじゃないですか？」

その瞬間、頭の中に一気に映像が浮かぶ。白石《しらいし》さんと茅野《かやの》さんも目を丸くしていた。俺と同じような状態になっているのだろう。

座った状態で足でコントラバスを挟み、右手で弦を弾《はじ》く。その様子を、左手に持ったセルカ棒で撮影・録画する。左手で弦を押さえて音を変えられなくても、綺麗《きれい》な低音が出ればそれで十分楽しい。

しかし、スマホに気を取られてコントラバスが滑ってしまった。慌てて左手で押さえようとするが、そのセルカ棒の突起が背面に当たったまま楽器は床に滑って倒れる。結果、傷が付いてしまった。きっと、こういうことなんじゃないだろうか。

「どうですか、海老名《えびな》さん、何か反論ありますか？」

ずっと沈黙を貫いてきた彼は、タレた目をつり上げ、獲物に襲い掛かる肉食動物のようにキッと織羽《おりは》を睨《にら》む。

「さっきから想像の話ばっかりしてるけど、証拠はあるのか！」

横で聞いていた俺も思わず一歩退いてしまうほどの威圧感。将棋部では普段こんな表情は見せないだろう。

でも、俺は知っている。アニメやドラマの世界でこの台詞《せりふ》が出てきたときは、大抵証拠があるのだ。それはきっと、現実世界であっても。

「確証はないですけど……スマホの写真一覧とアプリを見せてください。ボイスメモか、あるいはオンラインストレージのアプリかな」

「なっ……」

勢いを削《そ》がれた海老名さんに、織羽が畳みかける。

「セルカ棒で撮っていたら、どうしても上手には弾けないと思うんですよ。忍び込むほどジャズの楽器に憧れがあるなら、きちんと左手で弦を押さえてピチカートで弾いてるところを音声データとか動画に残しているはず。こんな機会滅多《めった》にないですからね。友人にバレないように、と考えるとSNSにはアップしていないだろうし、万が一スマホ貸してと言われても大丈夫なように念を入れてるとしたら、オンラインストレージにあげて自分の端末からは消してるかもしれませんね」

「海老名《えびな》、見せられるか？」

白石《しらいし》さんが訊《き》くと、彼は押し黙った後、諦《あきら》めたように力なく笑い、首を振った。

「見せてもいいけど、俺が弾いてる動画や音声がたくさん入ってるだけだよ。ごめん、どうしても弾きたくてさ……それで、つい撮りたくなって片手で持ってたら、あんなことになっちゃって……怖くなってそのままケースに戻しちゃったよ」

「ったく、何してんだよ」

茅野《かやの》さんが、小さく舌打ちする。それは、侮蔑ではなく、寂しさを孕《はら》んでいた。

「修理してもらったら、弁償と謝罪に行くぞ。それでこれからは放課後ちゃんと見学に行って、弾かせてもらおうぜ。な、白石」

「ああ、そうしよう。まずはジャズ研に連絡だ」

「ごめん……ありがとな……ごめん……」

謝罪と感謝を幾度も繰り返しながら、海老名さんはこの場にいる全員に向けて深々と頭を下げる。

こうして、無事に謎解きは終わった。事前にジャズ研の阿久津《あくつ》さんから聞いていた話だと、傷も浅かったということで、そこまで高額な修理代にはならなかったらしい。いつもお世話になっている楽器屋に直接依頼したようなので、学校側には伝えることなく解決することができた。

「織羽《おりは》、すごかったな。名探偵みたいだったじゃん」

廊下が西日でオレンジに照らされる。靴箱に向かいながら、俺は並んで歩く織羽を褒《ほ》めちぎる。お世辞ではなく、本当にすごいと感心していた。

どんなリアクションをするんだろう。ツヤのある黒髪を静かに揺らしながら、頰《ほお》を赤らめ、切れ長の目を少しだけ細めて「えー、そんなことないよ」とか照れたりするのかな。

そんな期待は、華麗に雲散霧消することになる。

「見つけたわ、これよこれ！　私は謎解きをやる！　これで陽キャの足を引っ張る！　今回も隠れ陽キャの海老名さんを打ちのめしたわ！」

「いや、あの、織羽さん……？」

宝石のイミテーションをプレゼントされた幼稚園児のように瞳を輝かせて、強く拳を握る織羽。どうやら味を占めたらしい。一応確認しておくが、謎解きは誰かを貶《おとし》めるための手段ではない。

「男女誰からも愛される人気者は放課後に人に言えないネタ動画を撮ってるでしょ？　本命彼女と毎日ラブラブな彼氏は友達の女友達と浮気してるでしょ？　部活に一生懸命なエ

ースは裏アカで好き放題やってるでしょ？　被害者から密告を受けて謎を解いていけば、そういう奴《やつ》らの鼻を明かせる！　悪評が広まればアオハルポイントも大減点だわ！　私たちがアオハルの輩《やから》に復讐《ふくしゅう》するには謎解きが最適なのよ！」

「織羽《おりは》、そんな……ぐふっ！　ひどいことを……うはは っ！」

湯舟に沈めて上から見ているのかと思うほど屈折した目標に対して真《ま》っ直《す》ぐに心を燃やす織羽に、思わず笑ってしまう。

彼女がこんなに復讐したいのなら、その是非はひとまず置いておいて、俺も手伝ってあげたい。「困ったときは助け合おう」と約束した幼馴染《おさななじみ》だから。こうして少しずつ、彼女との時間をまた積み上げていこう。

「謎解きなら俺も今回みたいに手伝えそうだ。手伝わせてな、織羽」

「よろしくね、あめすけ。ところで、ジャズのオススメ曲とかあったら教えてよ」

「興味持ってるじゃん！　あんだけ否定してたのに！」

彼女の復讐は、ようやく始まったばかり。

第二章　陽キャは謎解きの協力者になるときもある

斜め上の訪問者

「雨原《あめはら》君、何点だった？」

「うわっ、すごい、百点じゃん！　やっぱり頭良いなあ」

「いや、そんなことないよ……」

すっかり中学生気分も抜けたゴールデンウィーク明け。数学のテストを見ながら、後ろの飯橋《いいはし》君が「すげー！」を連呼する。いや、でもほら、これ小テストだよ、十問しかないよ。他にも絶対満点いるって。

まあ分かってるけどね。もはやこういう形以外で絡《から》む内容がないってことだよね。いや、正確には何度かパスをもらったことはあるんだけど、俺がそのチャンスを活《い》かしきれなかったからパスが来なくなっただけなのよ。結果を出さない人間は試合に出してもらえなくなる、そういう雨原ジャパン。雨原ジャパンってお前が監督じゃん。

「いいなあ、脳味噌《のうみそ》取り替えたいなあ！　交換しようよ！」

「え、あ、それはちょっと難しいかな」

「いや、そんなに真面目に返さなくていいって！　ネタだよネタ！」

脳だけが必要とされてるんだから脳を培養液に浸したら肉体は滅んでも良いのでは、なんてことを考えながら、返しに困った俺はえへえへと愛想笑いを浮かべていた。

放課後になり、帰り支度を始めると、イヤホンをした彼女が机の横までやってきて、イヤホンを外す。

「あめすけ、行こ」

「おう」

織羽《おりは》と一緒にバッグを持って廊下へ出る。やってることは先月と変わらないけど、彼女から声をかけてもらえるようになったのが嬉《うれ》しい。

「飯橋《いいはし》君でしょ？　陽キャ成分高いわよね。なんか、全体的に明るいし」

「だよなあ」

空き教室へ向かいながら、小テストのときの話をする。「ネタには適当に笑っておけばいいのよ！」とアドバイスをもらったけど、同じ状況になったら織羽が同じようにできるのか甚《はなは》だ疑問だ。彼女も教室で話しかけれると、「あ、おう、いえ」と、あ行全部使って挙動不審になっている。

「そういえば、ゴールデンウィークはどうやって過ごしたんだ？」

その質問に、彼女は口をにんまりと曲げて得意げな表情を浮かべる。

「ふふんっ、訊《き》いちゃう？　一人カラオケに挑戦したわ。近所のお店、一度行ってみたかったの」

「へえ！　何歌うんだ？」

「歌わないわよ。一人で行ってみたかっただけだから、テレビ消して本読んでたわ」

「何そのお金と部屋のムダ遣いは」

ドリンク運んできた店員さんもさぞ驚いただろうよ。

「隣の部屋で高校生グループが歌ってたから読書の邪魔だったわね。あとカラオケ苦手な人が無理やり行かされてないか心配になっちゃった。少女漫画だと、ああいうところで何も歌えなくて引っ込み思案な女子をイケメン男子が連れ出す展開があるけど、実際は陽キャにサビ手前でマイク渡されて『ほらっ！』って歌わされる地獄なのよ！」

木でできた階段の手すりをゴンゴン叩《たた》きながら彼女は叫ぶ。一息で言えるのすごいな。

「あと、お姉ちゃんが帰省してきたわね」

「あ、確かにお姉さんいたな。今年から大学生？」

「そう、都内で一人暮らししてるの。なんかテニスサークル入ったみたいでさ。キラキラしすぎてて視神経が焼き切れるかと思ったわ。高校のときからあの感じなのよ。いつも元気に突っ走ってて、ラノベのヒロインかと思うわ」

そう言う彼女は、歯をギリギリさせながらも、どこか嬉しそう。昔から仲が良かったから、嫉妬の対象でもあり、密《ひそ》かな憧れの的でもあるのかもしれない。お姉さんだけは復讐《ふくしゅう》のターゲットにしていないのだろう。

「今日はどこ行くかなあ」

「あめすけ、今日は離れ棟にしてみようよ」

「そうだな、たまには行ってみるか」

職員室などのある南校舎から繋《つな》がっている通称「離れ棟」。もっと生徒数が多かった頃に建てたというこの二階建ての棟は、今は大きな音を出しても他の校舎の邪魔にならない音楽室でおなじみ。それ以外にも幾つかの部室があり、残りは空き教室になっていた。今日はその中の一つ、第一集会室を城にする。

「さて、目下の課題は一つね。どうやって謎を見つけるか」

幾つかの机と椅子以外には黒板すらない部屋で、椅子に座った織羽《おりは》がすぐに腕を組みながら呟《つぶや》いた。そう、謎解きで青春を謳歌《おうか》する陽キャの足を引っ張る、ということは決まったものの、そもそものネタの集め方が問題だ。

「ビラでも貼ったり撒《ま》いたりして募集したりするか？」

「あめすけ、冗談言わないで。ビラなんて、そんな構ってちゃんなことできるわけないでしょ！『やばーい、今日の髪、全然かわいくなーい』って言って『そんなことないよ』待ちしてる女子じゃないんだから！」

「そこまで構ってちゃんでもないだろ」

誰かを貶《おとし》めないと喩《たと》えられないのか。

「大体、ビラを撒くなんて、あめすけもしんどいでしょ？　私はイヤよ、知らない人に笑顔で配るとか一番苦手な作業ね」

「確かに……必死に笑顔作って『どうぞ』ってやってるのに受け取られないとか考えただけで気が滅入《めい》ってくるな……これまで俺も街のポケットティッシュ配りを無視しがちだったけど、なんてひどいことをしていたんだ……」

頭を抱える俺を、織羽は「また始まった」とばかりに見ている。ビラを貼るのも織羽は望んでいないようだし、人づてで募集するしかなさそうだ。

「今のところ俺たちの実績はジャズ研だけだから、阿久津《あくつ》さんとかに『解決したい謎を持っている知り合いがいたら紹介してほしい』ってお願いする感じかな」

「そうね、早速話しに行こう。あーあ、早く次の復讐のターゲットを見つけたいなあ」

「復讐って本来はひどいことした相手本人にやることだけどな」

「いいのよ、私のは青春っていう概念に対する復讐みたいなものだから」

目を細めてクスクスと笑いながら、彼女はゆっくりと立ち上がり、俺の隣に並んで教室を出る。

昔のような大親友の関係性じゃないものの、ちょっとだけ、先月より彼女が笑う機会が増えたような気がする。もっとも、俺の期待がそう思わせているだけかもしれないけど。

「よし、この曲が終わったら入るわよ」

南校舎二階、ジャズ研の部室のドアに手をかける。中からは軽快なサックスとドラム、そしてコントラバスの音が聞こえてきた。

「今回はすんなり入れるんだな」

「初対面はしんどいけどね、もう大丈夫」

ちょうど曲が終わったので、織羽《おりは》がガラガラとドアを開け、中を覗《のぞ》く。

「あ、岩里《いわさと》さん！」

「この前はありがとうございました！」

「……………あう……………」

そのままドアを閉める織羽。顔を真っ赤にしている。何それ可愛《かわい》い。

「織羽、大丈夫か？」

「だ、だだ大丈夫よ」

そしてロボットのような不自然な動きでもう一度ドアを開ける。

「あの……その……みんな女子にも『一応ジャズとか弾いてます』とか言ってるの？　一応って何なのあれ。普通に弾けるのに一応ってつけることで謙虚さを出そうとしてるところにもう謙虚さがないと思う！」

「突然どうしたんだよ」

　フォローに入るためにドアを全開にして織羽と並び、ポカンとしてるジャズ研の三人に高速で会釈する。照れ隠しに毒をぶつけるなよ。どんな挙動不審モードなんだよ。

「あめすけの方から話して、ほら、ほら」

「分かった分かった」

　困ったように眉を曲げてくいっとシャツの袖を引っ張る織羽をやっぱり可愛いと思いながら、俺は阿久津《あくつ》さんに「実はお願いがあって……」と伝えたのだった。


「何も来ないねえ」

「来ないわねえ」

　会長代理の阿久津さんに依頼をして一週間経《た》った五月十六日、火曜日の昼休み。遂《つい》に俺の席も他のクラスメイトが座りたがっていたので譲り、居場所を失った俺たちは廊下を散歩している。

　あの譲り方、我ながらスムーズだったな。食べるというより吸い込むって感じで弁当をたいらげて「あ、俺、もう食べ終えたんで」って席を立ったもんな。なんでそんなに気を遣うんだよ、机と椅子くらい死守しろよ、と脳内の俺が責めてくるのが悲しい。

「まあそんなに謎が渦巻いてるはずないからな。月に一回くればいい方じゃないか？」

「そんな頻度じゃダメなのよ。毎月の復讐《ふくしゅう》なんて、年間で十二人しか葬れないじゃない」

「言葉選ぼうな」

すぐに謎解きの相談が来るものではないと思っていたが、こうして何の音沙汰もないとさすがに緊張の糸も切れる。気が抜けたのを水分で補給するように、スポーツドリンクに口をつけた。

「こういうとき、ラノベなら謎解きを始めた直後から依頼が殺到するんだろうけど、現実はそう甘くないな」

「ぶほっ！」

「そうね、ラブコメなら私はとっくに大した理由もなくあめすけに惚《ほ》れてるわね」

危ねえ、飲み込むのがあと二秒遅かったら吹きだすところだった！

「そんな都合の良い話が——」

「都合良くていいのよ！　ラブコメのラノベ読んでる陰キャはみんな『何の苦労せずに向こうから好きになってほしい』って思ってるの！　それを具現化して、読めば少し心が晴れて『いつか誰かと付き合えるはず』って救われるようにしてるだけ！　いわば聖典ね」

「言いすぎでは」

偏見が強すぎるんだって。

「まあ気長に待つしかないんだろうな」

　このままぼんやりと時間が過ぎていくのか、と嘆いていると、向かいから歩いてきた見覚えのある人が手を振って近づいてくる。ジャズ研の阿久津《あくつ》さんだった。

「ちょうど良かった、教室に行こうと思ってたんだよ。一年生の音楽仲間がちょっとトラブルがあるっていうから、君たちのこと紹介しておいたよ」

「本当ですか！」

「ありがとうございます！」

　テンション高く同時に頭を下げる。果報は寝て待て、一週間待った甲斐《かい》があった。

「放課後君たちの教室に行くように言っておいたよ。詳しい話は彼から聞いて！」

　阿久津さんにもう一度お礼を言い、織羽《おりは》と顔を見合わせる。「良かったな」と言うと、彼女は喜びを抑えるように控えめな笑顔で「ん」と頷《うなず》いた。


　そしてあっという間に六時間目を終え、放課後になる。もうすぐ謎解きの依頼者がやってくるのだ。なんだか自分たちがすごいことをやっているようで浮かれてしまう。

　そう、俺たちは浮かれてしまっていた。だから忘れていたのだ。

「うす、こんちは！　雨原《あめはら》君っている？」

　前のドアをガラガラと開けた金色に近い茶髪の男子が、目の合った俺を指差す。

「あ、いたいた！　阿久津さんに教えてもらったんだ、こんちはっす。いやあ、バンドでちょっとトラブっちゃってさ、マジで困ってるんだよね！」

忘れていたのだ。陽キャが来る可能性を。

キラキラがいっぱいの部屋で

「オレ、二組の天方陽翔《あまかたはると》ね、よろしく！　バンドで歌ってまっす！」

ドアの前まで来た俺と、お化け屋敷に来たのかと思うほど俺の背中に完全に隠れている織羽《おりは》に、グッグッと近づきながら話す陽キャの依頼人。

身長は俺より僅かに低いくらいだろうか。明るい茶髪をワックスで無造作っぽくしている、キノコ感のないマッシュヘア。ややつり目の瞳には髪と同じように明るいブラウンのカラコンが入っている。細い眉に鼻筋の通った、バンドマン然としたイケメンだ。ボーカルとしてトレーニングしているからなのか、喉の横に血管が浮き出ているのは男の俺から見ても色っぽさがある。

「いやあ、雨原《あめはら》君ってアレでしょ、首席入学で新入生代表挨拶してたよね。めっちゃ頭良いじゃん、ヤバいね！」

さらに一歩近づいてきた。これはアレなの、パーソナルスペース狭い方が勝ちのゲームなの？　あと、名前の陽キャ感がすごい。天に陽に翔って。カッコよすぎるでしょ。

「あ、見つけた！」

俺の背後霊と化している織羽を見つけ、天方君は勢いよく指を差す。

「メインで謎解きしてくれる岩里《いわさと》さんだよね？　よろしくね！」

名指しで呼ばれた織羽は、ビクッと肩を震わせながらおそるおそる俺の横から顔を覗《のぞ》かせた。

「こん、にち、は」

言葉を覚え始めたロボットかよ。

「二人ともよろしくね！　俺のことはハルトって呼んで！　あ、カッコいいからラインハルトって呼んでもいいよ、なんつって！」

「ハルト……ラインハルト……？　ああ、なるほどね、うん、あの、ハルトだけにね、うん、カッコいいかな、うん」

あたふたしている俺の返答に、天方君は可笑《おか》しくて仕方ないとばかりに手をパンッと叩《たた》いて笑顔を見せる。

「ちょっとちょっと！　そこはノリでラインハルトって言うところだよー！」

「い、いや、それは難しいから……俺は陽翔君かな。お、織羽は？」

「え、は、私？　私はね、うん、その、天方《あまかた》君ね」

「普通かーい！　普通に苗字《みょうじ》と名前かーいっ！」

彼はさらに距離を詰めながら爆笑してツッコむ。何これ、一分話しただけでこんなに体力奪われるの。

「まあいいよ、少しずつ変えていってくれたら。じゃあオレたちの集まりに案内するからついてきて！」

「お、おう、ついていくよ」

ノリにはついていけてないけど、正直この教室でこれ以上話されるよりはマシだった。

他のクラスメイトがいる中で、これ以上目立ちたくない。「何あのガリ勉、ああいう男子とつるんで自分の正のエネルギー上げようとしてるのかな」「栄養素低いもやしが、頑張って肉（陽キャ）と炒《いた》めてもらうようなものだよね」と心の中でクラスメイトの声を勝手に代弁して勝手に落ち込む。なんて損な体質。

「離れ棟の一階なんだ、ついてきてね」

日々が楽しくてゆっくりなんて動いてられない、という勢いで歩く彼の後ろで、織羽《おりは》は俺に耳打ちする。その声には、期待感が存分に込められていた。

「いいわね、あめすけ。陽キャが持ってきた謎なら、絶対陽キャが絡《から》むはず。これは名も知らない陽キャのことを陥《おとしい》れるチャンスよ！　期末テスト終わったらすぐに『打ち上げでカラオケ行こうぜ』って言いだすアイツらに青春終了の花火を打ち上げるわ！」

「復讐心《ふくしゅう》旺盛なこと」

確かに、陽キャ同士の繋《つな》がりは、復讐の上では大事かもしれない。

「あの、陽翔《はると》……君」

「どしたの、雨原《あめはら》君？」

小声で呼びかけた俺に、彼はくるりと向きを変えてスッと迫り、ニッコリ笑った。人当たりの良い陽キャ、全世界のお手本じゃん。

「あの、今回のってどんなトラブルなのかなって」

「ああ、うん。ぶっちゃけ、大したことない相談なんだ、ごめんね」

両手を合わせて謝ると、彼はまた目的地に向かいながら口を開いた。

「オレは部活には入ってないんだけど、中学時代から付き合ってる仲間とバンドを組んでるんだ。俺はギターボーカル。あはっ、歌はそんなに上手《うま》くないけどね！　それで、オリジナル曲を作ったりライブハウスで演奏したりそれなりにやってるんだけど、今度幾つかのバンドを集めて自主企画のフェス的なイベントを開催することになったんだよ！」

「…………お、おお」

危ない、あまりに聞き慣れない単語ばっかりで脳がフリーズしていた。バンド、ボーカル、ライブハウス、フェス？　どうしたの、なんでこんな人が俺たちに頼みごとなんかしてるの？　だってご覧よ、超がつくほどの王道陽キャじゃん。それに比べて俺は……こういうプラスのエネルギーを人生のどこに置いてきたんだろう……あれ、なけなしの自己肯定感が旅立ったぞ？　帰っておいで。

「ただ、このフェスイベントの企画中にトラブルがあってね。オレのこの企画のサポートメンバーが三人いるんだけど……そこでちょっとコスメが無くなっちゃってさ。それを探してほしいのよ！」

「はい来た、コスメ。陽キャの象徴ね！」

いつものクセという感じで即答した織羽《おりは》に、陽翔《はると》君はきょとんとする。おっと、マズいんじゃない？　陽キャに向かって陽キャを揶揄《やゆ》しちゃってますけど。

すると彼は、「うはっ！」と吹き出した。

「いいねそれ！　コスメは陽キャの象徴！　めっちゃいいよ！」

「そう、かな、あははは」

一緒になって笑ってごまかす。なるほど、俺は陽キャを誤解していた。こういうときにネタとしてすんなり受け入れる度量があるのも特徴なのかもしれない。何なら俺より数倍人間ができている。まだ自己肯定感は帰ってきていません。

「織羽、コスメってメイクのアレだよな？」

陽翔君の後ろで彼女にこっそり確認していると、織羽は真顔になって深く頷《うなず》く。

「そうよ、陽キャ女子が自分の顔に加点していくことで周囲にマウンティングしていくための武器」

「他に言い方ないのかよ」

「何なのあの子たち、受験科目に国・社・理・数・英・メイクってありましたっけってくらい知識とスキルがあるんだから。『メイクくらいできた方がいいよー？』じゃないのよ、だったらアンタも味噌汁《みそしる》くらい作れるようになった方がいいわよ！」

毒の勢いがすごい。味噌汁もメイクと戦わされるのは可哀相《かわいそう》。

「フェスの打合せは、離れ棟の空き教室でやってたんだけど、昨日打合せに使った教室で、メンバーのメイクポーチが無くなったんだよね。マジで勘弁してほしいって感じだよね」

途端、織羽が跳び上がって喜び、陽翔君に聞こえないように俺に向かって話しかける。

「陽キャのポーチが無くなった！　これはナイスな事件ね！」

「性格悪いように聞こえるぞ……」

「なんとでも言って、私は復讐《ふくしゅう》のためなら鬼になるわ。陰キャオニよ」

「氷オニみたいに言うな」

新しい遊びなの？　触られたら陰キャ扱いされる？　新手のいじめでは。

「よし。雨《あめ》っち、織《おり》ちゃん、着いたよ！」

離れ棟の一階、少し奥まった教室の前で陽翔君は立ち止まった。というか、ちょっと待って、今あだ名で呼んだ？　つけるの早くない？　この距離の詰め方、いっそ羨《うらや》ましい。

まあいい、そんなことより今は心の準備だ。陽キャ軍団と相まみえることになる。恐怖心を拭え、緊張を解き放て。今から手のひらに「命までは取られない」と三回書いて飲み込め。俺と織羽《おりは》で頑張って――

「うっす！　謎解きが出来る子連れてきたよー！」

陽翔《はると》君が勢いよくドアを開けて入っていく。いや、まだ準備が、心の準備が……。

「おじゃま、します」

おそるおそる入った部屋、第四集会室は先週俺たちが使った第一集会室より大きく、黒板も教卓も教壇もあって、完全に普通のクラス教室と同じだった。それにしても教室が随分明るい気がする。これが陽キャのオーラだろうか。俺のブラックライトとは格が違う。

「お、ハルトが言ってた子じゃん！」

「謎解いてくれんの？　マジで助かる！」

「一年生じゃん、つーか新入生代表の首席の人だ！　やっぱ！」

普通の教室と同じくらいの広さの部屋。その中にいた女子二人と男子一人が、一斉に近づいてくる。全員ワインレッドのリボンとネクタイの一年生だ。

「えっ、あっ、ホントだ、首席君じゃん！　やば、めっちゃ頭良い」

「ハルトの人脈やばっ！」

二言目には「やばい」が出てくる。頻出すぎてやばい。あとみんな距離が近い。だからさ、パーソナルスペース守ろ？　俺のテリトリーにドカドカと入ってくるのやめよ？

「ほら、雨《あめ》っち、織《おり》ちゃん。自己紹介して？」

瞬間的に織羽を見たものの、すぐさまアゴをくいっと突き出される。このジェスチャーは「そっちがどうぞ」を表します。

「あ……えっと……一年五組の雨原亮介《あめはらりようすけ》です。よろしくです……」

軽く会釈すると、すぐさま「よろしくね！」という声が飛んでくる。

雨原亮介よ、お前さ、小学生でももっと気が利いた自己紹介するぞ？　相手に合わせた紹介とかしていいんだぞ？　趣味は鍋パです、とか。誘われたら困るからやめとけ。

「じゃあ次、織ちゃん」

陽翔君に右手を向けられ、織羽もペコリと頭を下げた。

「五組の岩里《いわさと》織羽です……謎解き頑張ります、よろしく」

ああっ、その手があったか！　しっかり結果出しますパターン！　皆様のご期待にお応えできるよう全身全霊で取り組んで参りますとか言えば良かった！　出馬でもするのか。

「次はオレたちの番ね！　自主開催のフェス『キス＆ロック』企画チームへようこそ。メンバー紹介いきまっす！」

「いえあー！」

キス&ロックって。あとノリについていけない。正にノリ物酔い。

「オレがリーダーやってる天方陽翔《あまかたはると》でっす。普段はギターボーカルやってまっす！　で、この茶髪ショートの子が谷山菜月《たにやまなつき》ちゃんね。バンドもやっててキーボーディスト！　ほいで、こっちのアッシュっぽいミディアムの子が水元伊織《みずもといおり》ちゃん。バンドはやってないけどスケジュールの細かい調整とかめっちゃしっかり対応してくれる！」

二人並んで「よろしくー」と挨拶してくれる。少し薄めのメイクの谷山さんと、かなり濃いめな水元さん。二人とも隠し切れない前向きエネルギーがすごい。クラスでも絶対この感じでグループの中心にいるんだろう。

「最後に、このもう一人の男子が新川斉《しんかわひとし》君、新ちゃんね。谷山ちゃんと同じバンドでベースやってる。そんで、谷山ちゃんの彼氏でっす！」

この中で一番身長の高い新川君が手を振る。黒髪で長髪、「この人の趣味は？」と聞かれたら十人のうち十人が「バンド」と答えるであろう風貌だった。

「じゃあ戻って戻って。あ、雨《あめ》っちとかもその椅子テキトーに出して使ってね！」

全員の紹介が終わり、全員が椅子に座った。まずは何が起こったかちゃんと聞こう。

「早速ですけど……なくなったコスメのこと、お伺いしてもいいですか？」

織羽《おりは》が尋ねると、谷山さんが肩の前で小さく手を挙げた。

「アタシの大事にしてたデパコスが無くなってさ」

甲高い声で小さく復唱する織羽。俺は、陽翔君たちが「高かったの？」という質問をきっかけにワイワイ騒ぎだした隙に、彼女に話しかけた。

「なあ、デパコスってなんだ？」

「あめすけ知らないんだ……男子は気楽で良いわね、世の中の知らなくてもいい裏側を見なくて済むんだから」

　そして彼女は、禁忌の呪文でも教えるかのように目を大きく見開いて表情を強張《こわば》らせ、俺に顔をずいっと寄せる。

「デパートで売ってる結構良いブランドのコスメよ。ちょっと高くてちょっと良いやつ。世のインスタＪＫが自分の顔を全世界に発信するために使う魔法なの。この魔法をかけたうえで、四角い顔なら食パンと間違われるほど真っ白に加工して投稿するのよ」

「なんで説明するたびに誰かにケンカを売るんだよ」

　食パンと間違うって何だよ。

「大学生は結構持ってるけど、一部の高校生もバイト代貯《た》めて買ったりしてるって聞いたことある。お姉ちゃんもこの前『バイト代で買った』って写真送ってきてたの。イートインのあるパン屋でバイト始めたらしいわよ。オシャレすぎない？　なんかズルいわ」

「おおっ、イースト菌と嫉妬心が同時に膨らんでる」

これだけツッコんでも、彼女の妄想は止まらない。

「谷山《たにやま》さんはきっとクリスマスに新川《しんかわ》君に買わせたのね。『あーしのサンタは、あーしがキレイになる方法をちゃーんと分かってると思うんだよね』とか言って誑《たぶら》かしたに違いないわ。それでばっちりメイクした後に油まみれのフライドチキンを食べてグロスを塗ったリップをより輝かせたのよ！」

「織羽《おりは》、脚本でも書いた方がいいんじゃないか？」

その想像力でどこまでも創作の世界を羽ばたいてくれ、と思いつつ、俺は谷山さんに話の続きを振った。

「えっと、それで……無くなったのは昨日ですか？」

「そうそう！　昨日、机の上にポーチ置いておいたはずなんだけど、いつの間にか無くなっちゃってさー！　斉《ひとし》にもらった大事なヤツだから探してほしいんだよねー」

新川君を見ていた谷山さんは不意に織羽に視線を向け、冗談交じりのトーンで尋ねた。

「織羽ちゃん、メイクしてないっぽいけどポーチ分かる？」

「う、ん、分かる、わ」

陽キャからの突然の質問に緊張してるから言葉が途切れ途切れなのに、結果的に分かってない人みたいになっているのが悲しい。

織羽は張り付いた笑顔を崩さないまま、腰の辺りに降ろしている手をちょいちょいと動かして俺を呼んだ。そして二人揃《そろ》って、谷山さんたちに背を向ける。

「あめすけ、見た？　何あの態度！『メイクちょっと失敗しちゃった涙』って言いつつ自分的に百点のメイクをインスタにあげることを生業《なりわい》にしてるキラキラJKと一緒にしないで！　たまにメイクしすぎで思いっきり不自然なのよ！」

「全体的にインスタグラムやってるJKに厳しすぎでは……」

あと、みんなに背を向けてコソコソ話してるのも不自然では。

「インスタJKなんてね、カフェと青空とトイプードルとメイク自撮りだけしか投稿しないんだから人数分アカウントあるだけムダなのよ。十人で一つのアカウント使ったってどうせ誰も気づかないくらい同じような投稿してるんだから。ああいう人のポーチが無くなったなんて今週一番のグッドニュースね」

「なんでそれを俺に言うんだよ」

「本人に向かって直接言いづらいからに決まってるでしょ！」

完全にサンドバッグ代わりにされていることに呆《あき》れつつ、つい苦笑いしてしまうのは、そういうときに言ってもらえる相手になれていることが嬉《うれ》しいから。

「織羽、戻るぞ」

このままだと延々と喋《しゃべ》ってそうなので、切り上げて三人の方に向き直った。

「じゃあ、ポーチがどこに消えたか、探っていくね」

初めての、依頼を受けての謎解きだ。

盗《と》ったに決まってる

教室の外でサーッという音が重なっていく。いつの間にか雨が降り始め、俺たちの話に興味を持った雨粒が窓ガラスに近づいてぶつかってきた。

「これが無くなったポーチね。ああん、ポーチもめっちゃお気に入りだったのになあ」

「ふむふむ、このポーチごと消えたと」

谷山《たにやま》さんがスマホで写真を見せてくれる。ピンク色のキルティング生地のポーチは、横長でマチが広くて、たっぷり収容できそう。中央にロゴらしきものが入っているけど、コスメには疎《うと》くて何のブランドかさっぱり分からなかった。

「昨日は間違いなくバッグに入れて学校に持ってきたの。それで、放課後この教室で机の上に置いておいたのよ！　そしたら、ちょっと目を離したら無くなってたんだよね」

「あの……ちょっといいかな？」

そこまで訊《き》いて、俺は気になったことをぶつけてみた。

「今もメイクしてるよね？　それはどうしたの？」

谷山《たにやま》さんはきょとんとした後、「やだー！」と俺の肩をバシンと叩《たた》いた。

「家にあった予備のコスメでやってきたに決まってるでしょ！　ただ、あんまり気に入ってるヤツじゃなかったから軽めにしてあるんだあ。どう？　変じゃない？」

「え、あ、変じゃないよ……」

なるほど、水元《みずもと》さんに比べてちょっとメイクが薄いと思ってたんだけど、そういうことだったのか。

「この部屋って鍵かからないよね？　ううん、そうするとどんなパターンもありうるんだよ……」

ふしゅーと深く息を吐いた後、織羽《おりは》は口を閉じて考え込む。

そう、俺も同じことを考えていた。「置いておいたポーチが消えた」というのは、幾らでも真相の可能性を考えられてしまう。高価なデパコスということなら「通りすがりの人が偶然見つけて盗《と》った」というケースだってありうる。そうなった場合、誰が持ってるか探し出すのは到底不可能に思えた。

「菜月《なつき》ちゃんのポーチ、学校の先生に見つかって没収されたってことはないかな？」

水元さんがそう質問すると、織羽はすぐに首を振って否定した。

「それだったらすぐに谷山さんに連絡が来るはず。一方的に没収してそのままってことはないと思う」

話を聞きながら、俺はあることに気付いた。たまたまこの教室にポーチが置かれているのを通りすがりの生徒が発見したとしても、教室に陽翔《はると》君たちがいたら盗ることはできない。ということは、全員がこの教室を出て行ったタイミングがない限り、ポーチを自分の物にできる人間は限定されている。このグループのメンバーで、メイクが必要な人。

いやいや、そんな単純な考えで水元さんを疑っちゃダメだぞ。容易《たやす》く同級生を悪人扱いするのは良くない。そもそも盗まれたのかどうかも分からないんだから。谷山さんがクラスに忘れてきたとか、この教室のどこかに置いてあるってパターンだって考えられる。

「この教室にはない、のよね」

独り言のような、念押しのような一言を呟《つぶや》き、織羽は教室を壁沿いを周っていく。彼女も似たようなことを考えていたらしい。「一応オレたちもざっとは探したんだけどね」と陽翔君が言うと、谷山さんたちも無言で頷《うなず》いた。

うん、やっぱり雑な推理で疑うのはやめよう。

「なああ、織羽」

「んー？」

俺は下を見ながら歩いている織羽に並んで声をかける。

「今回の、どう思う？」

「水元《みずもと》さんが盗んだわね」

おいマジかよ。雑な推理で合ってたのかよ。

「結論早くない？　根拠は？」

「根拠とかじゃないの、願望なの」

「そんな謎解きがあって堪《たま》るか」

もう解いてないじゃん。

「いい？　デパコスは高級だし、女子の憧れの的なの。それを持ってる人がいたら陽キャならどうする？　盗むでしょ？」

「陽キャの治安が悪すぎる」

「表ではキラキラしてるけど裏では信用がおけないものよ。テレビのモノマネ審査員くらい信用がおけない。やっと名前が知られてきたくらいの適当なアイドルが適当に最新のアニソン歌ったらほぼ満点取れるんだから」

「急にメディアに矛先を向けるな」

聞いてるこっちがヒヤヒヤするわ。

「いや、でもさ織羽《おりは》。盗《と》られたって証拠があるわけじゃないだろ。谷山《たにやま》さんがどこかに置いてきただけかもしれないじゃないか」

「まあそれはそうね。現に今私もこうして教室のどこかにあるんじゃないかと思って見回してるわけだし。でも、これは私の結論を補強するためにやってるのよ。陽キャの物がなくなったら、それは別の陽キャの仕業なの、社会はそういうものなの！」

織羽の歪《ゆが》んだ社会像を耳にしつつ教室を一周し終えた。結局のところそれらしきものは見当たらない。

「岩里《いわさと》さん、どう？　何か手がかりあったあ？」

興味ありげに谷山さんが訊《き》くと、織羽はやや考えこんだまま口を開いた。

「そうね、誰が盗んだかは……あっ」

「えっ！」

やっちゃったよ。間違って思いっきり盗んだって言っちゃったよ。キス&ロックのメンバーに動揺が走る。

「待って、織《おり》ちゃん、盗まれたの？」

「犯人捜しするのか？」

陽翔《はると》君と新川《しんかわ》君が立て続けに問いかけ、織羽はさっき俺に偏見をぶつけたときとは全く違う弱気な態度でおろおろしている。まずい、フォローに入らないと。

「あ、違うの、そういうわけじゃ」

「そうそう、織羽がちょっと言い間違えただけで」

「えー？　雨《あめ》っち、言い間違えで『盗む』なんて言う？　多少思ってないと出てこない言葉じゃない？」

「確かに、言う、ことはないかな……」

完全に俺の言い訳が失敗している。今回謎解きでも大して役に立ってないのに、こういうときのサポートも十分にできないなんて、俺の存在意義はどこにいったんだ。テストで高得点とっても何も意味がない。今のメンタルで本書いたら『人間は結局、コミュニケーションが10割』ってタイトルの書籍になる。

「ふうん、そっか」

谷山《たにやま》さんは、茶髪の髪に人差し指を当ててくるくると回しながらふんふんと頷《うなず》く。そこに不機嫌さはなく、どこか合点がいったようなトーン。

「盗まれたんだって、伊織《いおり》」

「ちょっ、ワタシじゃないって！」

からかう谷山さんに同じように笑って返し、「ポーチごと盗むなんてある？」とさらに言葉を重ねる水元《みずもと》さん。それを見た俺は、なんとなく状況を掴《つか》めてきた。

どうやら谷山さんも、水元さんが盗《と》ったものと考えているらしい。そして水元さんはそれを否定している。お互い明るい口調だから表には出ていないけど、水面下では疑う彼女と疑いを回避したい彼女で押し合っていた。

多分、今回の謎を陽翔《はると》君が「トラブル」と言っていたのもこれが理由だろう。単純に無くしたというだけではなく、「キス&ロック」のグループ自体のピンチというわけだ。

「とにかくもう少し探してみない？　菜月《なつき》ちゃんが持って歩いたってことも……あっ！」

興奮した水元さんが小さく叫びながら立ち上がる。その勢いで、机に乗せていた炭酸水のペットボトルを倒し、勢いよく床に落としてしまった。キャップがしまってなかったのか、中の水がシュワシュワと音を立てて、地図に描いた大陸のように広がっていく。

「大丈夫？　紙とか濡《ぬ》れてないか？」

新川《しんかわ》君がポケットからハンカチを取り出して床を拭く。洗い立てのハンカチのような、柑橘《かんきつ》の香りがふわっと漂ってきた。サッと今みたいな気配りが出来るの、カッコいいな。見た目とのギャップもいい。

「岩里《いわさと》さん、ホントに盗まれたの？」

もう一度谷山さんに聞かれた織羽《おりは》は、今度は偏見を抑えて「分からない」と首を振る。

「でも本当にポーチが盗られてたとすると、中身だけ抜き取られてポーチ本体は捨てられてる可能性もあるわね」

「えっ、ヤバい！　雨に濡れてたらどうしよ！　あれ撥水性《はっすいせい》じゃないのよ」

「大丈夫だって」

俄然《がぜん》強さを増してきた外の雨を見ながら不安がる谷山さんの肩に、新川君が優しく手を置く。だからギャップがズルいんだって。陰キャそうに見えて実は自己肯定感が低い俺、何もびっくりポイントがない。

「ちなみに」

がっくりと気落ちしていた俺の頭上を、立ち上がって話す織羽《おりは》の声が通り過ぎていく。

「さっきの水元《みずもと》さんが話しかけてたことも一応確認しておくわ。昨日、ポーチを持ってどこかに移動したりした？　谷山《たにやま》さん一人でも、四人全員でも」

「そんなことあったかなあ……あ、そうだ！　軽音楽部にサポートギターの話しに行ったじゃん！　やばい！」

「やば、行ってるわ」

「忘れてたよ、やばくない？」

陽翔《はると》君に続いて、みんな口々にやばいやばいと連呼する。一体何がどうやばいのか、それはポーチの行方よりも深い謎に包まれている。

「谷山ちゃん、あの時持って行ってた？」

「そうかもしれない。ハルト、ナイス思い出し！」

「だろ！　今日のMVPは間違いなくオレだな。じゃあ織《おり》ちゃん、行こ！」

「そうね、近くを探してみるのもアリだと思う」

この場にいる六人全員で行くことになり、バッグから必要最低限の荷物だけ取り出す。

「……あ、雨止《や》んだな。ここから暑くなりそうだから、窓開けていこうぜ」

新川《しんかわ》君の提案に陽翔君は「確かに」と頷《うなず》き、二人で分担して開ける。谷山さんと水元さんは「こっち消しとくよ」と黒板に書いてあったフェスのメモを黒板消しで撫《な》でた。

「うし、じゃあ軽音楽部の部室に行くぞ！」

「いえあー！」

ノリに合わせるように、俺と織羽は気持ち程度に手を掲げて、空き教室を後にした。

「あーあ、絶対女子トイレにあると思ったのになあ……」

落胆する谷山さんを先頭に離れ棟に戻ってきたのは、三十分後のことだった。

南校舎の軽音楽部の部室近くを廊下からトイレまで隈《くま》なく探したものの、それらしきものはない。念のため軽音楽部にも行って落し物が届いていないか確認したが、ピンクのメイクポーチはないとのことだった。

「またふりだしかあ」

「ね、どこいっちゃったんだろ」

溜息《ためいき》をつく谷山さんに、同調する水元さん。でも、お互い目の奥が相手をしっかりと捉えている。「アナタじゃないの？」「ワタシじゃないですけど？」という声にならない言葉が聞こえてくるよう。

「あめすけ」

ちょいちょいと手招きをする織羽《おりは》。その表情は喜びに満ちている。

「これで確定したわね。盗みよ、もう水元《みずもと》さん以外考えられない」

「なんでそんなに嬉《うれ》しそうなんだよ」

「悪事を働く陽キャを、私の手で捕まえて貶《おとし》めることができるかと思うとすごく胸がキュンってなるの」

「絶対に胸キュンの使い方間違ってると思う」

ときめきの無駄遣いだよ。

「一応他の可能性も……ん？」

それに俺が気付くことができたのは、椅子に座った場所からたまたま見えたから。完全にただのラッキーだった。

「どしたの、あめすけ？」

「いや、あそこに落ちてるのって……」

さっき教室を周ったときには見ていなかった教卓の下。そこに、何かが転がっていた。

「あっ！」

ヒマワリの種を見つけたハムスターのように俊敏に織羽が近づく。そして、白色の小さなボトルとペンのようなものを拾いあげた。

「あ、それアタシの乳液とアイブロウ！」

谷山《たにやま》さんが今までより二段階高い声を出しながら教卓に駆け寄る。続いて隣に来た俺に、織羽は「乳液は保湿、アイブロウは眉描くためのヤツね」と小声で教えてくれた。

「良かったな、菜月《なつき》！」

「ホントに良かったね、菜月。こんなところにあったんだ！　確かにここまでは探してなかったもんなあ」

彼氏の新川《しんかわ》君も喜んでいる。水元さんもどこかホッとした表情だ。

が、これで一件落着というわけではない。むしろ、別の謎の呼び水になった。

「でも、アタシのポーチは……？」

「そこなのよね」

織羽が人差し指をこめかみに当てる。そう、ポーチ本体はどうしたのか、そしてなぜこの二つだけが落ちていたのか。それが新しい疑問だった。

「織《おり》ちゃん、他のコスメも教室のどこかに落ちてるって可能性あるかな？」

「そう、ね……さっきはザッと見ただけだったから、細かいところを探したら見つかるかもしれないかな」

「じゃあさ、みんなでもう一度探してみようよ。机の中とかに入ってるかも！」

アッシュの髪をふわりと揺らしながら水元さんが呼びかけると、自然と全員で手分けする流れになった。「オレ、机の中見るわ」「カーテンの裏側とかないかな」と話しながら、教室中を虱潰《しらみ》しに捜索していく。気分はほとんど宝探しだ。俺はゴミ箱をどかして隙間を確認したりしながら、ここまでの流れを思い返していた。

本当に乳液とアイブロウは元からここにあったんだろうか。それとも、誰かがこっそり置いたのか。だとしたらいつ？　さっきまで俺たちは軽音楽部のところまで行っていたから、外部の生徒が返すこともできる。でも、ポーチを盗《と》ったときも返すときもたまたま誰もいなかった、なんて幸運な偶然があるだろうか。そう考えると、「キス＆ロック」のメンバーの方が可能性が高い。軽音楽部の部室に行く前に全員で窓を締めたり黒板を消したりした。なら、誰でも教卓に近づくチャンスはあったってことだ。

じゃあやっぱり水元《みずもと》さんが……？

「ったく、アタシの残りのはどこなのよう！　乳液は気に入ってるけどデパコスのじゃないし、どうせなら他のが戻ってきてほしかったなあ」

「他のもの……ポーチ……」

口を尖《とが》らせる谷山《たにやま》さんとそれを宥《なだ》めるメンバーの横で、織羽《おりは》はぶつぶつ呟《つぶや》きながら思索に耽《ふけ》っている。その目はキョロキョロと上下左右を忙《せわ》しなく動いていて、脳内に書き綴《つづ》った推理を読み返しているかのようだった。

そのうち、行き詰まったようで、目を瞑《つぶ》って頭をぶんぶん振る。そしてバッグからクリアファイルを取り、そこから何か白い冊子のようなものを出して眺めていた。何か推理のヒントになるようなことが書いてあるのだろうか。

俺もちゃんと推理しよう。そう思い、バッグから小袋のグミを取り出す。一気に三、四粒食べたらアゴが疲れるようなハードな噛《か》み応えのグミ。

「あめすけ、前も飴舐《あめな》めてたね」

「んー、もともと飴とかグミとかガムとか好きなんだけど、考えてるときには余計に食べたくなるんだよな」

食べるか、と袋を渡すと、織羽は小さく首を振った。

「推理のルーティンみたいなものね。まあそういうものを学校に持ってきてる魂胆はお見通しだけど。小袋の甘いお菓子持ってきてる男子は、どうせ今みたいに女子に『一口食べる?』って聞くことで距離を詰めようとしてるんだもんね!」

「その魂胆だとしたらなんで俺はクラスの女子とまともに話せてないんだ」

こんなに自分に刃《やいば》を向けるツッコミ、なかなかない。

「さて、考えてみるか」

二粒まとめて食べて、じっくり謎に向き合う。少しずつ、思考の中のノイズが消えて、集中力が増していく。

「水元ちゃん、オレ最近これにハマってるの。めっちゃ美味《おい》しいよ!」

声に反応して視線を陽翔《はると》君に移すと、「すっきりオレンジティー」と書かれたペットボトルを飲んでいた。オレンジ……柑橘《かんきつ》……俺はさっきの一件を思い出していた。あの時は水元《みずもと》さんが水を倒してたな……水と言えば雨が結構強く降ってて……

「あれ？」

疑問の一言が口をついて出る。小さな、でも確かな違和感。

立ったまま、高速で考えを整理する俺の顔を、幼馴染《おさななじみ》が楽しそうに覗《のぞ》き込《こ》む。

「あめすけ、何か思いついたんでしょ？　教えてよ」

「そういうところは目ざといな……」

だけど、こうして頼ってもらえるのは嬉《うれ》しい。

「さっき、あの人変なこと言ってたなって。あともう一つ気になることがあってさ……」

指で軽くその人のことを指し示した後、俺は今まで考えていたことをまとめて伝える。

「えっ、ってことは、ちょっと待って」

織羽《おりは》は俺を右の手のひらで制し、斜め下に目線を落としながら一度考え込む。数十秒の間ピクリとも動かずにいたかと思うと、突然バッと俺の方を向き、そして。

「なるほど、コスメをあんな風に返したのも、そういう理由があるのね」

納得したようにフッと笑みを零《こぼ》した。

不自然な言葉、不自然な香り

「あの、天方君《あまかた》、ちょっといい？」

「んー？　織《おり》ちゃん、どしたの？」

呼びかけにパッと振り向いてダッシュで近づく陽翔《はると》君に、織羽はビクッとなって顔を強《こわ》張《ば》らせたまま半歩後ずさる。陽キャの体内って磁石でも入ってんのかな。

「謎が解けたの。話させてもらっていいかな？」

「マジで！　織ちゃんヤバい！」

陽翔君のリアクションを聞いて、椅子に座ってスマホを見てた他の三人も顔を上げる。開け放った窓から、織羽に勢いをつけるように風がひゅうっと吹き込んできて、彼女の胸元のリボンを揺らす。

「ホントに？　岩里《いわさと》さん、ポーチの場所も分かったってこと？」

谷山《たにやま》さんの問いかけに、「うん、多分ね」と頷《うなず》く。多分とは言ってるけど、眉をきゅっとつり上げた表情は、かなり自信があるように見えた。

「もし犯人がまだ学校にいるなら、アタシちゃんと捕まえたいんだけど」

「分かった。じゃあ、先に私の推理を聞いてね」

「すっごい！　私、謎解きって初めて見る！」

「俺も俺も。録画したいくらい」

「新ちゃん、録画ってウケる！」

水元《みずもと》さんも新川《しんかわ》君も椅子から立ち上がり、全員が自然と輪になる。一息ついてから、おもむろに織羽《おりは》は話し始めた。

「さっきここに戻ってきて、コスメが二つ返ってきたとき、陽翔《はると》君どう思った？」

「え、オレ？　いや、戻ってきて良かったなあって思っただけだけど」

「だよね、多分そうだったと思う。でも私は違ったの。『この二つ返されてもなあ』って率直に感じたわ」

陽翔君は意図を汲《く》み取《と》れずに目を細めている。それは、俺も一緒だった。

「要するにバラバラだったのよ。乳液は返ってきたけど、乳液の前につけるはずの化粧液はない。まぶたをメイクするアイシャドーやアイラインがないのに、眉のアイブロウだけが返ってきてる。たとえ一部だけを返すにしても、思いやりがあればもう少し谷山《たにやま》さんが使いやすいように返すはず。そこでピンと来たの。優しくないとかじゃなくて、男子だからよく分からなかったんじゃないかって。ねえ、新川君」

その言葉に、谷山さんが新川君の方を勢いよく振り向く。でも、彼はぽかんとした表情のまま首を振った。長髪が「何言ってるんだ」と笑っているように左右に揺れる。

「いやいや、待って待って岩里《いわさと》さん。それだけのことでオレが疑われるの？　ラインハルトだって詳しくないだろ」

そう、今の話だけで新川さんに絞ることはできない。あとこの人、陽翔君のことちゃんとラインハルトって呼んでるの。

「それに、他の理由があって水元とかがあの二つを返したかもしれないだろ。こんなの謎解きとは呼べないって！　録画しようと思ってたのに残念だなあ」

「アナタの言いたいことも分かるわ。でも安心して、他にもまだ根拠はあるからね」

彼女が俺をちらと見る。そうだ、俺が教えたことをぶつけてやれ。

「ちょっと前まで雨が降ってたでしょ？　谷山さんは、撥水性《はっすいせい》じゃないからってポーチを心配してた。それに対して、彼氏のアナタは、『大丈夫だろ』と返した」

「あ、ああ」

「励ましとも捉えられるわ、心配要らないよってことでね。でも冷静に考えれば考えるほど、そんな風に断言できるのはおかしいの。あんな強い雨の中でポーチが外にあるかもしれないのにね。大丈夫って言えるってことは、濡《ぬ》れないことを知ってたんじゃないかな。

そう、アナタだけは濡れるはずがないと分かっていた。自分が持ってたからね」

「確かに……」

織羽の話に、陽翔君はかなり納得したようだ。新川君の方をちらちらと窺《うかが》っている。

「ちなみに、なぜ盗《と》ったものを返そうとしたのかは別として、なんで一部だけ返したかはなんとなく察しがつくわ。返したのは、軽音楽部の部室に行く直前。確かあの時も新川《しんかわ》君が窓開けていこうって提案してくれて、みんなで窓開けたり黒板消したりしたのよね」

なるほど、あの好機自体も彼が作ったものだったということか。

「あの時、教卓の下に置くためにコスメを持とうとしたけど、ポーチは大きすぎてそのまま持つことはできなかった。手に持ったら一発で分かるし、ブレザーのジャケットにもズボンのポケットにも入らないからね。だから少しずつ返そうとしたんじゃないかな」

ここまで並べれば、言い逃れは難しいだろう。新川君は織羽《おりは》を一瞥《いちべつ》すると、黙ったまま、ゆっくりと俯《うつむ》いていく。

そんな彼に声をかけたのは、谷山《たにやま》さんだった。

「斉《ひとし》、なんで？　盗むとかありえないんだけど。自分で贈ってくれたコスメじゃん」

「いや、菜月《なつき》、違うんだ。いや、違わないけど、その……」

「違わないけど、何？」

睨《にら》むような目つき、トーンの低い声。今の谷山さんはいつものノリとは程遠い。そんな彼女に、新川君はしどろもどろになりながら「あの、その」と繰り返していた。

「分かった。斉、もういいよ」

「待って、まだ終わってないわ」

愛想を尽かすようにそっぽを向いた谷山さんの腕を、織羽がポンッと叩《たた》いた。

「水元《みずもと》さんが水を倒したときがあったわよね。その時に新川君がハンカチで拭いてたんだけど、ハンカチから柑橘系《かんきつけい》の匂いがしたらしいのよ。ね、あめすけ？」

「うん、オレンジみたいな香りだった」

みんなの前であめすけ呼びされると少し気恥ずかしい。

でも、実際これは俺も気になっていた部分だった。洗いたてのハンカチだったからかと思ったけど、だとしてもあんなにはっきりした香りはつかないように思う。あれは柔軟剤の匂いとかじゃなくて、もっとこう……。

「なぜハンカチからそんな匂いがしたのか。柑橘系、そうまるで、洗剤みたいな」

言い得て妙な表現を口にして、彼女は一呼吸置く。そして、ブレザーのポケットから自分の水色のハンカチを取り出した。

「多分、『まるで』じゃないのよね。新川君はハンカチに食器用洗剤をつけていたの。なんでそんなことをしたのか。ひょっとして、ポーチを綺麗《きれい》にしようと思ったんじゃないかなと思ってるの。あめすけ、どういうことか分かる？」

「綺麗に……？　あ、洗剤入れた水でじゃぶじゃぶ洗ったってことか？」

「不正解。そこまではしないわ」

にべもなく首を振る。急に指名されて謎解きに参加するの、めちゃくちゃ難しいクイズ番組だな。

「ポーチの中も汚れるからね。タオルに薄めた中性洗剤を染み込ませて汚れている部分を拭いていくってのが一般的な掃除の仕方よ」

「……あ、そっか！　食器用洗剤は中性洗剤だ！」

中性洗剤って何、という疑問がみんなの頭に浮かんでいるのを察し、俺は「キス&ロック」のメンバーの方を向いて説明する。

「石油や油脂を原料として化学合成されたのが合成洗剤。その中でもpH《ペーハー》、つまり溶液中の酸性・アルカリ性の程度が6から8の中性のものを指すんだ。pHって昔、リトマス試験紙とかで習ったでしょ？　洗剤には界面活性剤ってのが入ってて、手荒れの原因になるんだ。でも、人間の肌は弱酸性だから、油汚れに強いアルカリ性洗剤より地肌の性質に近い中性洗剤のほうが刺激を軽減して荒れにくいんだよ」

一気に話した後にみんなを見渡すと、若干ひいてるような感じになっている。水元《みずもと》さんは明確に一歩下がっていた。

「あめすけ、さすが秀才、って言いたいところだけど、洗剤に詳しすぎない……？」

「あ、まあ、爺《じい》ちゃんからもらった百科事典にpHの記事があって。あ、もともと小さい頃から両親の仕事の都合で平日夜は祖父母の家で過ごすことが多くてさ、そこにたくさんあったから読んでたんだよね。それを中学になって引っ越すときにお祝いとしてもらったんだけど、その、そこに洗剤のことも載ってたから」

やってしまった……まず説明が下手。時系列もぐちゃぐちゃだし新しい情報が後から出てくる。典型的な「人と話し慣れてない人のテンパったときの喋《しゃべ》り方《かた》」だぞそれ。

そして、知ってることだからって勢いで話した結果、知識をただひけらかすような形になっちゃった……その結果ごらんよ、全員ぽかんとしてるじゃん……。「何を喋れるかが知性、何を喋らないかが品性」なんて言葉はテレビで耳にしたんだっけ。亮介《りょうすけ》、今お前は品性の欠片《かけら》もないぞ。もっと上品であらねば。好きな貝はアワビ、好きな海老は伊勢海老、好きな魚卵はいくら。それはただの海鮮好きの成金では？

「まあ話を戻すと、ポイントはあめすけが言ってた通り、ポーチの掃除に食器用洗剤を使えるってこと。ここから南校舎はすぐだし、職員室の隣に給湯室がある」

給湯室にはシンクがあり、そこで先生たちはマグカップやお弁当箱を洗う。ってことは当然、洗剤もあるってことだ。

「新川《しんかわ》君、洗剤をハンカチに沁《し》み込ませて、ポーチを拭こうとしたんじゃない？」

「ちょっ、ちょっと待って岩里《いわさと》さん」

織羽《おりは》に返事をしたのは、新川君じゃなくて谷山《たにやま》さんだった。

「アタシのポーチを拭こうとした？　洗剤で？　なんでそこまで言い切れるの？　それに、もし本当にそうだとして、なんで斉《ひとし》がそんなことするの？　まさか、わざわざ綺麗《きれい》にするためにしたなんて言わないわよね？」

矢継ぎ早に疑問をぶつけていく。興奮しきって荒く息をする谷山《たにやま》さんに、織羽《おりは》はクールダウンを促すかのように静かに話し始めた。

「綺麗《きれい》にするために盗《と》った、ということはないわね。むしろ逆だと思う」

「逆？　織《おり》ちゃん、どういうこと？」

「詳しくは新川《しんかわ》君の口から聞きたいところだけど、何か理由があって盗ったんだと思う。でも、罪悪感が出て返そうと思った。そこで、せめてもの罪滅ぼしで綺麗にしてあげることにした。そんな感じじゃないかな。じゃないと、学校で洗剤を使おうとした説明がつかない。綺麗にするだけなら家でできるしね」

全て話し終わって、織羽は新川君を見上げる。この中で一番長身のはずなのに随分小さく見える彼が、更に落ち込んだように背中を丸めたことで、結果は分かっていた。

「そうだよ、俺が盗ったんだ。ごめん、菜月《なつき》」

「斉《ひとし》！　なんで！　意味分かんないんだけど！」

「他のもちゃんと俺が全部持ってるよ。前に菜月が『これ結構気に入ってるんだよね』って言ってた二つを覚えてたから、とりあえずそれだけは先に返そうと思ってさ。それがヒントになるなんて思わなかったし。あと、ポーチが雨に濡《ぬ》れないって件は完全にミスだね。岩里《いわさと》さんに見事に見透かされたよ」

へらりと笑って答える新川君。それは可笑《おか》しいのではなく、どうしようもないという諦《あきら》めが混じっていた。

「私がどうしても分からなかったのが動機ね。なんで盗んだの？」

「つまんない話だから笑うなよ？　菜月のメイクがどんどん濃くなってきてるの、嫌だったんだよ」

「え……？」

「すっぴんで十分可愛《かわい》いのにさ。新しいの買う度《たび》に目が目立つようになって、眉も細くなって、肌は白くなった。デパコスをねだられて買ったけど、正直乗り気じゃなかったよ」

谷山さんは口に両手を当てて、新川君の話を遮《さえぎ》ることなく聞いている。

「だから昨日、机の上にあるの見て、衝動的に盗っちゃったんだよね。これで少しでも収まればいいなあなんて思って。でも、家に予備の持ってたみたいだし、自分がひどいことしてるって自覚もだんだん出てきてさ。それで、せめて綺麗にしてから返そうかなって思ったんだ。菜月、ごめんな。ホントにごめん」

ずっと黙って聞いていた谷山さんは、程なくして「ふう」と嘆息する。そして、数歩歩いて、新川君に向かい合った。

「すっぴんもイケる？　ホント？　あんま自信ないんだけど」

「イケるって！　可愛いと思ってるよ」

そこまで聞いて、彼女は喜びに満ちた表情でトンッと彼に寄り掛かった。

「困らせようとしてやったわけじゃないんでしょ？　じゃあ許す！」

「本当に……？　ありがとな、菜月《なつき》」

「こっちこそ、ストレスになってたの知らなくてごめん。伊織《いおり》も、疑ってごめんね！」

水元《みずもと》さんも「解決したから、もう良くない？」と笑顔を見せた。誰も怒ってない、平和な解決。そして俺は当然の流れとして、引《ひ》き攣《つ》った笑顔を保ちつつ気落ちする。

こんな真相もきちんと推理することもなく、水元さんを疑ってしまった。ああ、穴があったら入りたい、ポーチがあったらメイクしたい、そして別人になりたい。

大体、織羽《おりは》にいつも偏見だ何だと言っているけど、自分自身も偏見の塊じゃないか。じゃあお前も「雨原《あめはら》君はみんなと絡《から》もうとしない一匹狼《いっぴきおおかみ》キャラなんじゃなくて、絡むスキルがないだけなんだよね」なんて偏見をクラスメイトからぶつけられても我慢するしかないな。それは偏見じゃない、真実だ。

「すごいね、ホントに謎解きしちゃった！　雨《あめ》っち、織《おり》ちゃん、ありがと！」

そして、俺の他にもう一人、完璧な笑顔になりきれてないヤツがいる。

「ううん、別に。謎が解けて良かったわ」

微笑《ほほえ》んだままこっちを振り返った織羽は、百面相かというくらいの仏頂面を見せた。

「まったく、とんだ時間のムダだったわ！」

キス&ロックの部室を出て、歩きながらむくれる織羽。帰る直前に「ちょっと織ちゃん、ここは全員でハイタッチでしょ？　うぇい！」と陽翔《はると》君に強制されたことで、フラストレーションが最高潮に達したらしい。

「まあ、仲違《なかたが》いもなく終わったんだからいいんじゃないか？」

「よくない！　こんなハッピーな展開、望んでないわよ！　なんなのあれ、なんで水元さん盗んでないの！　彼氏持ちの谷山《たにやま》さんに嫉妬とかして盗めばいいのに！　盗みなよ！」

「珍しい注文だな……」

確かに、誰も不幸にもなってなければギスギスにもなってない。そういう意味では、織羽の目的からは程遠い。

しかし、彼女はすぐに何かを閃《ひらめ》いたかのように目を見開く。大きな黒い瞳がぱっちり見えたかと思うと、すぐにその顔を怖いくらいの笑顔に変える。

「いや、待って。ここで谷山さんが『新川《しんかわ》君は私を思い通りにしたい欲が強すぎる』って危機感持ってくれないかな。このまま付き合ってたらいずれきっと、既読ついて五分以内に返さないと『生きてる？』ってネチネチ追いメッセージしてくる一番面倒な彼氏になるに決まってるわ。亀裂が入ってほしい！」

「他人の不幸は蜜の味だな」

「違うわ、復讐《ふくしゅう》の味ね」

うははは、と笑う織羽《おりは》。その瞬間、俺は背後に視線を感じた。急いで後ろを振り向くと、そこにはいたのは陽翔《はると》君だった。二人で並んで、体が固まる。

「改めて、お礼言いに来たんだけど……」

まずい、多分織羽の話を聞かれた。友人の悪口を言ってたわけだし、これはさすがに怒られ――

「やっぱ、マジでウケる！」

「……は？」

「いやあ、織《おり》ちゃん、めっちゃキャラいいね！　今の水元《みずもと》ちゃんや新ちゃんへの毒、やばいね、最高！」

「そ、そう？　それならいいんだけど」

なぜかベタ褒《ぼ》めなうえに爆笑されている。陽翔君、笑いのツボがよく分からない。

「オレさ、またトラブルあったら織ちゃんと雨《あめ》っちに頼むようにみんなに宣伝しておくから！　ホントに今日ありがと！　そんじゃ、まったね！」

「う、うん、ありがと、天方《あまかた》君……」

「またね、陽翔君」

挨拶をして織羽と顔を見合わせると、彼女は口元だけ微笑《ほほえ》んでピースをした。

うん、結果的に謎を募集する協力者が一人増えたので、今回は良しとしよう。

「あー、そういえばさ」

「どしたの、あめすけ」

ようやく二人きりになったので、俺は気になっていたことを訊《き》いてみる。

「織羽、メイクのこと結構詳しかったよな。化粧とかするのか？」

「え、あ……」

口を「あ」の形に開けたまま、彼女はフリーズした。そして、チークを塗ったように赤くなってからコクコクと頷《うなず》く。

「うん、お姉ちゃんと会うときとかに、その、軽くするくらいだけど……あんなに濃いのはしないわよ」

「ふうん、そっか。別に濃くてもいいと思うけどな」

「イヤだ！　濃いメイクなんかしたら、絶対クラスでセンター張ってる陽キャ女子に『ちょっとやってみなよ』とか言われて拒否権ないままバズってる歌で踊らされて投稿するハメになるんだから！」

「踊るのもいいんじゃない？」

「なにー！　ちょっ、あめすけー！」

照れ隠しに吠《ほ》えている織羽も可愛《かわい》いと思いながら、一緒に靴箱まで向かった。

第三章　謎解きのために創部するのは考えものである

対立と後退

「あ、その髪めっちゃ良いね！　パーマかわいい！」

「でしょ？　この近くでめっちゃ良いヘアサロン見つけてさ」

「うっそ、あるの？　教えて！」

昼休み。教室の真ん中、オセロなら始めに四マス置くところに女子四人が座って話している。物理的にもランク的にも、クラスの中心グループだ。

今日も今日とて華麗に自分の席を譲った俺と織羽《おりは》は、示し合わせるように教室の後ろに集まり、ドアに向かっていく。

「アタシは次どうしようかなあ」

「結構バッサリいくの？　もう少し伸ばしてもいい気はするけどねー」

「ううん、このカールは気に入ってるから、これはそのままでセミロングくらいにまでにしてもいいかなって」

「あ、それもオトナっぽくてありだね！」

会話を聞きつつ教室を出ながら、俺は織羽に訊《き》いてみた。

「みんな髪のことって気になるんだな」

「当たり前じゃない。相手の今後の予定も知らずに切って、ヘアスタイルかぶったらどうするのよ」

「あ、そっちなの」

興味じゃなくて心配なんだ。

「ヘアスタイルがかぶるっていうのはね、相手と個性を相殺するってことなのよ。十六歳女子の構成成分の四割は髪だからね」

「比率高すぎない？」

なんなの、妖怪なの。

「それにしても、私たちの席をホントに何だと思ってるのよ！　食べたらすぐ動くと思った？　フルーツバスケットのゲームだってもう少し座ってる時間長いわよ」

毒を吐く彼女の隣で、俺も「確かにもう少し座ってるな」と笑った。

陽翔《はると》君たちの謎を解いてから一週間経《た》った、五月二三日の火曜日。まだまだ週前半で、飛ばしすぎてエネルギーを切らさないように学校全体もどこかリラックスムード。その空気を察したように、晴天の中に浮く雲も、小さな体に似合わず悠然と泳いでいる。もう晩春とも呼べない気温に徐々に校舎が暑さを帯びていく中で、手をついた廊下の柱だけがひんやりと俺たちを癒《いや》してくれた。

相変わらず二人とも友達ができない。五月中旬にして、もはやクラスのグループ分けは完全に固まった。誰がどのグループに所属しているのか、誰が実際の人気もので誰が取り巻きなのか……ドラマ紹介サイトの相関図的に表したら模造紙が必要なほど詳細に描ける。その中でポツンと浮いている二人が俺と織羽《おりは》。ドラマ紹介では「???」と書かれる謎キャラ、なんて素敵なものではなく、喩《たと》えるなら卒業アルバムの欠席者だ。

「はあ、私も仲の良いクラスメイトが数人くらいできるかと思ったんだけどね」

いつもの二階の屋外渡り廊下で雑談に興じる。俺は手すりに背中を預けてグッと反り、彼女は掴《つか》まって下を眺めていた。

「え、織羽、仲良い人作る気でいたのか?」

「なによあめすけ、そりゃ欲しかったわよ。友達とはちょっと違うかもしれないけど」

顔を顰《しか》めて、目を細めて彼女は右頬《ほお》をハムスターのようにプッと膨らませた。

「だって、今完全に外部をシャットアウトしてるだろ? 休み時間はイヤホンか読書だし、『話しかけないでください』って首から提げてる感じじゃん?」

「だって無防備でいるの苦手だし……誰か『なんでそんなにシャットアウトしてるんだろう、聞いてみようかな』って物好きな人来ないかなって」

「物好きすぎでは」

うるさいなあ、と言いつつ、彼女は手すりに乗せた腕に顔を埋《うず》めた。ちょっと頬《ほお》が赤くなってるのが可愛《かわい》い。

「でもあめすけこそ、何回も話しかけられてたのに、全然チャンスをモノにできてなかったじゃない」

「ぐあああぁっ！」

自分でもびっくりするくらいの叫び声。心の中の魔王が断末魔あげたのかと思った。

「あれは、うん、違うんだよ……みんな話しかけてくれるのに『気を遣って話してくれてるのかな』『そんなことに時間使って申し訳ない』とか卑屈になりつつ応対してたんだけど、多分その雰囲気を察したんだろうな……いつの間にか積極的に話しかけられなくなってさ……移動教室に向かって三人で歩いていると必ず俺が後ろ一人になるっていう症状が出始めてるんだよ。中一の夏までは良かったのに……」

「私よりタチが悪いじゃない」

憐憫《れんびん》の目で見ていた織羽《おりは》が、慰めのつもりなのかポケットからグミを出して一つくれた。

マンゴーの風味が甘い、中一のときの俺の人生観よりずっと甘い。

「でもあめすけ、そろそろ中間テストでしょ？　きっと輪の中心になれるわよ。点数を求めるもの、来るもの拒まずって感じで」

「それって俺自身っていうか、俺の学力しか必要とされてないんだろ？　しかもそこで学力を上げるると、さらに浮いちゃうというね。ああ、この世界は生きづらい……」

「生きづらいのは絶対考え方のせいだと思うわ……」

ロウソクを吹き消すような織羽の溜息《ためいき》。ちょうどそのタイミングで、ハッピーバースデーを歌うレベルのテンションで俺たちを呼ぶ声が聞こえた。

「やっほー！　雨《あめ》っち、織《おり》ちゃん！」

渡り廊下を軽快に走る陽翔《はると》君、警戒する織羽。

「元気してた？　この前はマジで助かったわ、サンキューでっす！　いろんな人に雨っちと織ちゃんのこと紹介してるよ。謎解きできるヤバいコンビがいるって！　バンド仲間以外にも広めてるから」

「あ、りがとね……」

おそるおそる、という表現がぴったりの態度で織羽が首だけお辞儀した。存在からコミュニケーションまで眩《まぶ》しすぎる。俺が欲しかったもの、全部持ってる気がするな。

「二人見つけたからそれだけ伝えておこうと思って。じゃあねー！　あ、良かったらフェス来てね！」

めちゃくちゃハードルの高いお誘いをして帰っていく。行ったら参戦者のオーラに押し潰されて、地面にめり込んで帰ってこれないだろう。

「織羽《おりは》、一応聞くけどフェス行く？」

その質問に、彼女は往復ビンタされてるかの如《ごと》く、高速で首を横に振る。

「行くわけないでしょ！　高校生でフェス行く人なんてみんな、音楽は二の次で会場入り口で大きなタオル頭上に広げて自撮りするのが主目的なんだから！　それで、原価幾らだよっていうTシャツを五千円で買ってワイシャツやブラウスの中に着て登校してきて、さらっと見せるチャンスを窺《うかが》ってるの。そういう、自己顕示欲をタオルとシャツに変える祭なのよ！」

「どんな祭だよ」

光景がつい目に浮かんじゃうんだけどね。

「あーあ、最近、復讐《ふくしゅう》できてないなあ」

「運動できてないなあ、みたいなノリで言うな」

でも、彼女の悩みもよく分かる、というのが本音だった。

陽翔《はると》君の宣伝はありがたい。ジャズ研の阿久津《あくつ》さんも、何かあったら俺たちのことを教えてくれていると聞いた。でも、実際のところ、特に依頼は来ていない。もちろん、そんな頻繁に謎なんか起こらないと知りつつも、こうして何のアテもないまま口を開けて餌を待つ日々も小さなストレスが溜《た》まっていく。

作戦会議も尽きてしまったので、正直放課後にやることもない。織羽とたまに空き教室で話すものの、それはもはや友達同士でカフェに行っているのと変わらず、数十分雑談して解散になるのが常だった。

どうやったら謎解きをもっと受けられるか、織羽の復讐に貢献できるか。

「……ふふっ」

「どしたの、あめすけ」

「いや、面白いなあと思って」

不意に笑いだした俺に、彼女は訝《いぶか》しげな表情で首を傾《かし》げた。

高校入学当初は友達ができるかどうか不安になっていたのに、今は復讐ができるかが気がかりになっている。でも、それも悪くないと思える自分がいて。人生、何がきっかけで変わるか分からない。

「そろそろ五限かあ。戻ろっか」

「だな」

帰り際、廊下の掲示物欄の前を通り過ぎる。生徒会が月刊で発行している、白い紙の広報紙がたまたま目に留まり、俺は織羽に悟られないように、その右下に書かれていた内容をチェックした。

翌日の放課後。俺は織羽に「ちょっと先生に呼ばれている」と誤魔化《ごまか》して先に帰ってもらい、南校舎二階の生徒会室まで来ていた。

壁の掲示板には、昨日見たのと全く同じ広報紙が貼られている。

『創部の申請は生徒会まで！』

昨日これを見て閃《ひらめ》いたのが「部活を立ち上げる」だった。謎解きをする部活を創設すれば、公的な団体として宣伝できる機会も増えるだろう。ビラ撒《ま》きは俺も織羽《おりは》も反対だけど、部活があることを知れば、謎を持ち込んでくれる人も増えるのではないか。それに、部室が貰《もら》えるのもありがたい。

依頼が増えれば嬉《うれ》しい。そして、織羽が喜んでくれるならもっと嬉しい。

「ふう……」

生徒会室なんて中学でも入ったことがない。緊張を解きほぐすように深呼吸してからドアをノックする。ガチャリと音がして、眉をクッとつり上げた三年生男子が出てきた。

「あの、部室、いや、部活立ち上げの申請を――」

「今、会議中なんだよ、貼ってあるだろ？　少し後にしてもらっていい？」

「あ、え、はい、すみません……」

ドアを閉めて、改めて気付く。しっかり紙で、「役員会議中」と貼られていた。

やっちまったな、雨原亮介《あめはらりょうすけ》。何であの紙に気づかなかった？　ケアレスミスだって言うんだろう？　でも、こんな肝心なときにケアレスしてる方が問題なんだぞ。テストでどんだけミスがなくたって、現実の社会でこんなにミスがある人間を誰が仲間に加えてくれるだろうか。待って待って、ダメダメ。それ以上の自虐は精神が瓦解する。

自由に使用できる自習室に入り、脳内で反省会をしつつ、他の人に混ざって宿題をすること小一時間。もう一度行ってみると生徒会のメンバーが次々に部屋を出ていくところだった。貼り紙もなくなったし、終わったのだろう。入っても大丈夫だろうか。

「あの……すみません」

緊張したまま再度ノックし、相手が開けてくれるのを待つ。やがて、二年生の証《あかし》である深緑色のリボンを胸元にピシッとつけた、メガネの先輩女子が顔を覗《のぞ》かせた。

「はーい！　あ、どうしました？」

「え、あの、部活を立ち上げたいんですけど……」

「あっ、はいはい、創部ね」

書類持ってくるね、と言って彼女は生徒会室に戻っていく。右分けで左のおでこがしっかり見える、丸みのあるシルエットの黒いミディアムヘアが印象的だった。

「お待たせ。部活の管理の主担当してる、副会長の川嶋《かわしま》海風《みかぜ》です。申請について簡単に説明するね」

生徒会室の外に出て、一枚の紙をくれた川嶋さんと初めてしっかり目が合う。犬か猫で言ったら犬寄りの人懐っこい顔をしているけど、顔立ちが大人びていて賢そうに見える。髪の色と調和するブルーのハーフリムのメガネが、利発そうな印象に拍車をかけていた。

二年生で副会長か。生徒会選挙は毎年秋だから、一年の秋から副会長やってるんだ……秀才って感じだなあ……。

「文化部でも運動部でも、四人以上部員がいることが創部条件ね。部員ここに書いてもらったら持ってきてくれればいいわ。部室とか部費とかは活動の状況見て後で決定する感じだから。あとは……顧問の欄はもし決まってるなら書いて。顧問の先生は必須じゃないけど、いると部費とかは出やすいかも」

そう言って川嶋《かわしま》さんは冗談めかして笑う。が、俺はそれどころじゃなかった。

「四人、ですか……」

人数を知り、落胆する。そっか、そりゃあ最低人数とかあるよな。俺と織羽《おりは》だけでは無理だ。誰かに名前だけ貸してもらうこともできなくはないんだろうけど、残念ながら声をかけられるような相手がいない。持つべきものは友、そしてもっと持つべきはコミュ力。

「ありがとうございます。でも、ちょっと人数厳しいかもしれません」

「そっか。あ、でも文化部かな？　文化部なら、活動内容によっては四人に満たなくても生徒会や先生が許諾すれば創部できる場合もあるよ」

その場合はこっちの紙だね、と彼女はクリアファイルから「活動実績書」と書かれた紙を取り出し、追加で渡してくれた。

「確か手話部とか、一人で始めたんじゃないかな。英語劇部も二人とかだった気がする。どんな部活やろうと思ってるの？」

右手でメガネのフレームをクッと上げながら、彼女は好奇心を宿した目で訊《き》いてくる。そんな高尚な部活とはかけ離れてるので若干言う気を無くしたけど、隠しても仕方ない。

「えっと、謎解きの部活なんですけど……」

瞬間、そのメガネのレンズがキラッと光った気がした。気のせいだろうか。

「分かった、じゃあとりあえず活動実績書いてきて！」

待ってるね、という川嶋さんの期待を込めた声に「頑張ります」とお辞儀を返す。まだ創部の望みが、織羽の力になれる望みがあることに安堵《あんど》して、その日はそのまま帰宅した。


あっという間に次の日がやってくる。今日も謎解きの依頼はなく、織羽と学校を放浪する。昼休みにクラスメイトからテストに向けた数学の質問を受けていたせいで、創部の話は特にしていなかった。

「今日はここにしようよ、初めて入るし」

「多分同じ作りだけどな」

離れ棟を歩きながら、織羽が空いている教室を指して、ドアを開ける。中には机と椅子があり、黒板も教卓もある。俺たちがやることだけが、何もなかった。

「はあ。復讐《ふくしゅう》、恋しいなあ……」

どこか寂し気に、織羽《おりは》が呟《つぶや》く。後半だけ聞くと完全に恋する乙女の一節だけど、彼女にはもっと黒い想《おも》いが秘められているようだ。

「陽キャのアオハルを奪わないとだもんな」

「もちろん。青春は誰にも渡さない。都市伝説にするの」

自分が青春するのではなく、誰にも青春させないというのが彼女ならでは。諦《あきら》めてるからこそ引きずり降ろせる。彼女の表情には、決意が表れていた。

「どうやったら依頼が来るかな。謎解きの内容を小冊子にまとめたら、ジャズ研の阿久津《あくつ》さんとか天方《あまかた》君とか紹介用に配ってくれないかなあ」

「それを読んでくれるくらい興味ある人はいいとして、興味がない人にどうやってアピールするかだよな」

当たり前の回答に、織羽は「そこなんだよねえ」と口を窄《すぼ》める。その難題のとっかかりになりそうなのが、「謎解き部」だった。

「とりあえず宿題でもやるかな」

作戦会議が始まる前に、今日の英語のノートを開いて織羽の視界を遮《さえぎ》る。ノートの隙間にこっそり忍ばせているのは、川嶋《かわしま》さんからもらった活動実績書。これまで解決した謎や、俺たちの働き・推理をまとめ、学校の役に立つ部活であることを印象付けようと腐心する。織羽に話すか迷ったものの、サプライズでびっくりさせたい気持ちの方が強い。だったら家で書いた方が確実にナイショにできるけど、今書けば提出して帰れる、その方が早く部活が作れるかと思うと我慢が利かなかった。

「んん……」

思わず唸《うな》ってしまう。ただでさえ他校にも例がなさそうな部だ、実績も少ないし、工夫しなくちゃいけない。読みやすく、分かりやすく、そしてインパクト大きめに。そんな風に夢中でシャーペンを走らせていたせいだろう。俺はいつの間にか真横にいた彼女の視線に気づかなかった。

「それ、何？　宿題じゃないよね？」

興味、というよりは不信感を募《つの》らせたような表情で、上から俺を見下ろしている。心なしか声のトーンも低い。

これは……誤魔化《ごまか》すのは無理だな。正直に言おう。

「その、なんていうか、部活を立ち上げようと思って」

「……部活？」

「ああ、そうしたら公に宣伝もできるし、学校が認めた団体ってことなら依頼も増えるんじゃないか？　部室も貰《もら》えるしさ、毎日歩き回らないで済むぞ」

確かにそうかも、ありがとう、嬉《うれ》しい。期待していた前向きな言葉は、俺の脳内でだけ響き渡る。彼女は、陽キャの偏見をぶつけるときと同じようにキッと目を見開いた。

「部活なんていらないわよ！　あんな、ドリンクバーに行って如何《いか》に面白いキメラドリンクを生成できるかをワイワイ競うだけのコミュニティ、しんどいだけでしょ！」

「言いすぎだって」

俺と織羽《おりは》だけで絶対そんなことしないだろ。

「とにかく、部活は要らない。作る必要なんてない」

その言い方に、カチンと来て立ち上がり、言い返す。

「復讐《ふくしゅう》したいんだろ？　そもそも依頼が来てないじゃん」

彼女のことを考えてやっていたこと。それが全て無為になると思うと、つい頭に血が上ってしまう。外に漏れ聞こえるのも気にせずボリュームはどんどん大きくなり、怒鳴り声に変わっていく。

「謎解きしやすいようにと思って考えたんだよ！　頭ごなしに否定するなよ！」

「イヤなものはイヤだもの！　理屈なんてどうでもいいのよ！」

「そんな言い方あるかよ！　必死に考えたんだぞ！」

「全っ然考えてない！」

怒りをむき出しにしてお互い睨《にら》み合《あ》う。程なくして織羽は、もう知らないとばかりに対《たい》峙《じ》するのをやめ、何も取り出していないバッグをそのまま背負って教室を出て行った。さよならもまたねもない、無言の別れ。

「……ざけんなよ、クソッ！」

書き途中だった書類を勢いに任せてビリビリと破る。散り散りの紙片はさながら、ひび割れた俺の心。そして、ばらばらになって戻らなくなった二人の距離。

せっかく距離が近づいたと思ったのに、また後退してしまった。それとも、ふりだしに戻ってしまったのだろうか。

「なんなんだよ……」

いつもなら、こんな風に衝突したら「自分が悪かった」とひたすら反省を繰り返すのに、今回はそうならない。彼女の横柄な態度が気に入らない、というのももちろんだけど、彼女の笑顔が見られなかったことに無性に腹が立つ。一生懸命選んだ贈り物を喜んでもらえなかったような、そんな気持ち。その悔しさの根底にある感情をうまく咀嚼《そしゃく》できないでいることが、余計に苛立《いらだ》ちを増幅させた。

翌日の二六日、金曜日。いつもは連れ添って歩く昼休みだけど、今日はそんな気になれない。それは、きっと向こうも同じだろう。

普段はすぐに譲る席を頑として譲らず、俺は文庫、織羽はイヤホンをお供に過ごしている。俺たちの席に座ろうとしていたクラスメイトもさぞ困惑しているに違いない。

どこかでちゃんと話さなきゃいけないのは分かってる。でも、それは今じゃない。この瞬間は小説の世界に入り込んで、気を紛らわせたい。

そんな静寂を破ったのは、聞き覚えのある声だった。

「失礼しまっす！　あ、いたいた、雨《あめ》っち、織《おり》ちゃん！　二人に頼み事あってさ！」

回転寿司《ずし》のテーブルにて

「あれ、聞こえてる？　おーい、雨っち！」

「大丈夫、聞こえてる、聞こえてるから！」

秘密をバラされそうになってる人くらいの勢いで、ドアを開けて待っている陽翔《はると》君のところまでダッシュする。織羽《おりは》も慌てて俺の後を追ってきた。

「何だ、聞こえてたんだ。声小さいかなと思って焦ったよ」

大きすぎてこっちが焦ったよ。

そして背後の視線が痛い。これ完全にアレでしょ。クラスの人、「普段クラスでは話してないのに、あんな陽キャとつるんでるんだ」「陽キャと一緒にいれば自分も陽キャになれると思ってるのかな、痛いヤツだね」って噂《うわさ》してるパターンでしょ？　違う、違うんだよ、協力してくれてるのはホントにありがたいんだけど、自分が陽キャになれるとは思ってないのよ。そんな能力あるなら、犬の近くにいたら嗅覚数万倍になってるよ。

「でね、この前みたいに謎解きお願いしたいわけよ！　今日の放課後空いてる？」

「俺は、まあ」

「私も、まあ」

「さすが息ぴったり、ヤバいね！」

ほぼ同時に返事した俺たちに、陽翔君はパチンと両手を合わせ、感心して叫んだ。

「じゃあ、今日の放課後ねっ！　迎え来まっす！」

相変わらず、「っ」多めに挨拶して、陽翔君はものすごい勢いで自分のクラスへ戻っていった。織羽に視線を向けると、彼女はちらとこっちを見た後、黙って戻っていく。

このままの状態で謎解きをする？　二人で協力して？　それは、嫌だ。

「なあ、織羽」

気が付くと、俺は彼女に声をかけていた。真顔のまま、彼女は振り向く。

「……どしたの？」

「いや……今の状態で謎解きしたくないからさ……。その、ちゃんとこれ終わった後に自分の気持ちを整理して伝えるから、だからそれまでは休戦、というか、いや、別に戦ってるわけじゃないけど……」

考えがまとまらないうちに喋《しゃべ》っているのが丸わかりでカッコ悪い。でも彼女は意図を汲《く》み取《と》ってくれたようで、「よろしくね」と幾分感情を抑えた声で一言呟《つぶや》き、自分の机に戻っていく。

俺はもう聞こえない相手に「こちらこそ」と小声で返事をして、緊張を解きほぐすためにいつもの渡り廊下へ向かった。

「ここで待ってもらってたんだよ。んじゃ、入るね！　失礼しまっす！」

放課後、いきなり離れ棟に連れて行かれたと思ったらこれ。「オレもよく知らないんだよねー！」と何の事前情報もないハードモード。俺たち二人はおそるおそる、陽翔《はると》君の後ろから空き教室である第三集会室に入った。

「神庭《かんば》さーん、どもです！　連れてきましたよ！」

俺の知っている限り、離れ棟には七、八ヶ所の空き教室があるけど、他と同じように机と椅子が雑多に置かれているのは色んな学生がこっそり使っている証《あかし》だろう。そんな中、教室の中央で所在なさげに座り、ペコリと頭を下げたのは、青いリボンを付けた三年生の先輩女子だった。とはいえ、パッツンの前髪で下がり眉、眠そうにも見えるタレ目のせいか、一年生と言われても信じてしまうくらい童顔だ。

「二人とも、今回の依頼人の神庭さんね。あ、はじめましてです！」

思い出したかのように彼女の方に向き直り、聞き捨てならない挨拶をする。

「こちらこそ、はじめまして。神庭渚《なぎさ》です、よろしくね」

「天方《あまかた》君、あの、はじめましてって……？」

「そうなのよ織《おり》ちゃん。神庭さん、オレの友達の先輩の友達でさ。なんか困ってるって話聞いたから織ちゃんたちのこと紹介したの。オレのネットワーク、ヤバくない？」

右隣で織羽《おりは》が、ぶるっと身震いする。気持ちは分かる。本当にヤバいのは初対面の異性の先輩にいきなりフランクなコミュニケーションが取れるそのメンタル。そして本人にその自覚がない。異世界で気付いたら無双してる転生勇者と一緒。「え、オレまた知らないうちに距離詰めちゃいました？」なんて台詞《せりふ》を蛙《かえる》のごとくケロッと言えてしまう。

「織羽、これからどうする？」

この後の進め方を訊《き》こうとして彼女を小突いて話を振ると、織羽は黙って首を振った。

「天方君みたいなコミュ力を身に付けた方がいいかってことでしょ？　要らないわよ」

「そんな話はしてない」

「陽キャはどうせ、あのスキルを体得するために特殊な訓練受けてるのよ！　十人連続ナンパとか美容院スタイリストと二十分トークとかにチャレンジしてるに決まってるわ！」

「陰キャが陽キャに進化するの難しすぎない？」

彼女がいつものように偏見で毒を吐き、俺もいつものクセでツッコむ。お互い阿吽《あうん》の呼吸で会話していく中で、なんとなく普通の距離感に戻っていった。

「ねえねえ、あめすけ、神庭《かんば》さんと話繋《つな》いで」

彼女は誰にも気付かれないように俺の袖をククッと引っ張る。といっても、俺もこういう場で話し始めるの苦手なんだけど――

「神庭さん！　ここで謎解きしてるお二人の挨拶でっす！　二人とも人見知りみたいなんで、そこは許してあげてください！」

陽翔《はると》君、ありがとう。でも、なりたくて人見知りしてるわけじゃないんだからハードル上げるのやめて。織羽もすごい目で君のこと見てるよ。

「ど、どうも。い、岩里織羽《いわさと》です、こっちはあめすけです。神庭さん、よろしくお願いしますね。早速ですが、何があったか教えてください」

見事に本名を省略されたので、「雨原《あめはら》です」と会釈を挟む。近くの椅子に座りつつ、神庭さんから話を聞くことにした。

「んっと、ストリートダンス部に入ってる男友達がいるんだけど、なんか昨日、アレな感じの動画をＳＮＳにあげてて。これ、実際に何してるのか知りたいなって。それで、友達伝いにアナタたちの話聞いたのよ」

神庭さんがスマホで動画を検索している間に、織羽は俺の腕をグッと引っ張って小声で話しかけてきた。

「出たね、あめすけ。これはかなりの悪事が期待できるよ、なんたってストリートダンスだもん！」

「初《しょ》っ端《ぱな》から偏見がひどすぎる」

大多数が良い人だって。

「だってストリートダンスだよ？　毒々しい色のガム嚙《か》みつつ大音量で音楽かけて踊って、道行く人に『ヘイ、ブラザー！』って呼びかけながら急に体ごと回転して道塞いだりするでしょ？　集団で踊ってるから怖いし近寄りがたいのよ。群れてるから強そうに見えるしね、小魚の大群が大魚に擬態するみたいな」

「それ絶対、部員本人に言うなよ」

そもそも道端で踊ってないからな。

「あ、これこれ」

神庭さんが動画を全画面にし、俺たちの方に向けて見せてくれる。そこには、回転寿司《ずし》のテーブルで騒いでいるグループが映っていた。よりにもよって、うちの高校と分かる制服を着ている。織羽が「炎上の予感ね」と嬉《うれ》しそうに呟《つぶや》いた。

「これが友達の犬下《いぬした》君ね」

手を叩《たた》いて笑いながら叫んでいる一人の男子を指差す。犬下《いぬした》さんを含め、三年生の男子が二人映っているが、それ以外にも手だけ映っている男子と女子が一人ずついる。手だけ参加の男子がスマホで撮影しているのだろう。そのうち、顔が出ている男子二人が手で拍子を取り始めた。

『口つけろっ、口つけろっ』

『もーどーせ、もーどーせ！』

どうやら、見切れている女子に向かって煽《あお》っているらしい。具体的な行為は何も撮影されていないけど、何か良からぬことをしていそうなことだけは明白だった。

こちらの不安も全く気にせず、大騒ぎは続く。

『次、イカ！　イカ飲め、飲んじゃえ！』

『次はタコね。ほい、ターコ飲め、ターコ飲め！』

爆笑が起きる。何をやってるか分からないけど、ただただはしゃいでいる。動画の最後は、撮影役の男子の「これは燃えるね」という声で締められていた。

「これで終わりね、続きの動画はないわ」

再度見て嫌な気分になったのか、神庭《かんば》さんがふうと溜息《ためいき》を漏らした。編集していない、二分弱の動画。俺は何と感想を言えばいいか分からなくて、口をパクパクさせていた。

これは少し前にも別の回転寿司《ずし》でニュースになっていた「炎上動画」じゃないか。取った寿司を戻したり、醤油《しょうゆ》差しに口を付けたりした動画が拡散され、本人を特定してネットでも取り上げられていた。この動画も完全に一緒だ。何かに口を付けて、戻して、イカやタコなんて喉に詰まりそうなネタを丸呑《まるの》みしている。直接やってるところは見えてないけど、それがむしろギリギリ見せないで誤魔化《ごまか》そうという巧妙さを際立たせていた。

「マジで！　これめっちゃヤバいじゃん！」

俺の感想を端的にまとめたのは陽翔《はると》君だった。端的すぎるけど。

「え、神庭さん、これってもうSNS投稿されてるんすか？」

「そう、『めっちゃ楽しかった』ってコメント入りでね。まあ犬下君、フォロワーが三十人くらいしかいないから別に拡散とかされてないんだけど。でも鍵付きのアカウントとかじゃないから、ちょっと怖いじゃん」

神庭さんの不安はもっともだと思う。だからこそ、実際に何をやってるか知りたがっているのだろう。

「犬下君、『動画のこと、ちょっと聞きたいんだけど』って連絡したけど返事返ってこないし、今日は会わなかったんだよね」

一緒のクラスなら良かったんだけど、とタレ目を更に下げる神庭さん。返信が来たら犬下さんを問い詰めようとしていたらしい。確かに、動画削除しなよってアドバイスしてもいいもんな。

「織羽《おりは》、どう考え——」

彼女を見遣《みや》り、そのまま固まった。欲しかったゲームをもらった小学生でもこんな風にはならないだろうというくらい、目をキラキラさせている。そして、背筋をピンと伸ばして神庭《かんば》さんに向かって叫んだ。

「謎解きはしますけど、とにかく犬下《いぬした》さんを徹底的に糾弾しないといけませんね！」

ウッソでしょ。そんな楽しそうにそのセリフ言っちゃうの。

「合言葉は、『マジ、陽キャ許すまじ』今回も頑張って謎解きします！」

「ぶはっ、織《おり》ちゃんやっぱり最高！　ヤッバい！」

ぽかんとする神庭さん。すみません、この子、復讐《ふくしゅう》できそうな好機を前にして、ちょっとハイになっちゃってるんです。

ああ、俺は何のために織羽とペアでやってるんだ。暴走を止める役割だってあるはずなのに、実際はまるで機能していない。こうしてなけなしの自信を失っていくんだよな。そうして今度は「そもそもお前が織羽をコントロールしようとしてたのが驕《おご》りだろ。織羽はお前の所有物なのか」ともう一人の俺が俺を責めてくる。そして脳内にいる俺が「やっぱりダメなヤツだ……」って自己嫌悪に陥るってわけ。一人何役やるんだよ。

「あの……よく分からないけど、ストダンのやってること、ちゃんと推理して教えてくれたら嬉《うれ》しいわ。お願いします」

神庭さんはわざわざ立ち上がってお辞儀をしてくれた。こんな風に二学年上の人に頼られると少し嬉しくなってしまう。俺も織羽も立ち上がって「頑張ります」と礼を返した。

「じゃあ雨《あめ》っち、織ちゃん、オレこの後フェスの打合せあるから、一旦抜けるわ！」

「え？　あ？　そうなのか？」

「神庭さん、この二人に任せとけばオールオッケーなんで！　期待しててください！」

共通の知り合いが抜けるのは怖い、と思ったものの、よく考えたら陽翔《はると》君も神庭さんとは初対面だった。初対面の先輩にオールオッケーって言える勇気。伊達《だて》に茶色のカラコンをつけてない。

「陽翔君、戻ってくるの？」

「あー、時間に拠《よ》るね。んじゃ友達追加しといて！　なんか動きあったらスタンプでも送ってくれればいいから！」

言うが早いか、彼はスマホを取り出して二次元コードを表示する。「ほい、登録して」と言われるままに読み取ると、友達に「ラインハルト」が追加され、すぐに有料の音声付きアニメスタンプが送られてきた。お礼を言う前に彼はもう織羽との交換に移っている。

これが、これがコミュ力の鬼……！　流れるように友達になり、スタンプを送り合える関係に持っていく。俺なら初手から「いきなり友達申請なんて失礼かな。登録してもらう合理的な理由がないと変な構ってちゃんに思われるかな」と悩み、一向に進まないままスマホを出したりしまったりするだけのロボットと化してしまうに違いない。

「それじゃ、みんなまたね！　頑張って！」

イベントの打合せのために陽翔《はると》君は走って教室を出ていく。早速謎を解いていかないといけないけど、その前に織羽《おりは》にこっそり確認したいことがあり、神庭《かんば》さんに聞こえないように彼女を呼んで話しかける。

「織羽、さっきの動画、どう見てる？」

「間違いなく飲んでるわね」

酒みたいに言うなよ。

「いや、でも画面で見えなかったし、何を飲んでるかまでは――」

「醤油《しょうゆ》に決まってるでしょ！　あめすけ、陽キャっていうのはね、寿司《すし》屋の醤油を見たら注ぎ口に口をつけないと気が済まない生き物なの。覚えておくといいわ、テストに出るかもしれないから」

「出るわけないだろ」

何の教科？　陽キャ？　国・社・理・数・英・陽？

「いや、わざわざ炎上する可能性があるって分かってて醤油に口つけないだろ？」

「甘いわ。炎上こそ勲章、それが陽キャのポリシー。そしてその炎上を部活の後輩に武勇伝的に語るのよ、大学のＡＯ入試でアピールの材料になると思ってるのかしら。まあ炎上マネジメント専門の学部なら受かりそうだけど」

「織羽さん、もうちょっと言葉を抑えた方が」

すらすらとそれが出てくるのがすごいよ。

「まあ、確実に糾弾して青春を奪うには根拠が必要だからね。あめすけ、やっていくよ」

人差し指をピッと立てて、勢いよくこちらへ向ける。神庭さんが持ってきた謎のおかげで、表面上はこうして織羽と普通に話せるようになったことに心の中で安堵《あんど》していた。

「だな、やってくか」

フッと強めに息を吐いて気合いを入れ、謎解きに臨む。

回転寿司のテーブルにて（現場編）

開け放した窓から涼しい風が吹き込み、ブレザーを脱いだ俺のYシャツの袖を風が抜ける。来月になったらこの風も生暖かくなるかと思うと、衣替えが待ち遠しくなった。

「神庭さん、さっきの動画、私たちも見たいんですけど、どうやったら見られますか？」

「ああ、犬下《いぬした》君のページを教えてあげる。鍵かけてないから誰でも見られるわ」

アカウント名を教えてもらい検索すると、さっきまで見ていた件《くだん》のテーブルの動画が出てきた。神庭《かんば》さん含む三人でテーブルを寄せてくっつけ、映像を再生する。録画の中の四人は、こっちの気も知らずに相変わらず呑気《のんき》に騒いでいた。

「ここってどこの寿司《すし》屋だ？」

俺の質問に、織羽《おりは》は「んん……」と唸《うな》った後、一瞬だけ注文のモニタが映ったところで止めて指差した。

「このロゴって、スシゴローでしょ？　この辺りにはあそこしかなかったはず。ほら、東《とう》教《きょう》ハンズの隣にある」

「ああ、あの店のところか」

ボールペンからスーツケースまで売ってる七階建ての巨大な雑貨屋。買うものがなくても、見て回るだけで十分楽しい店舗だ。

「これを見る限り、やらされてるのはこの女子だけっぽいな」

「そうなの、だから余計に心配。無理やり何かやらせてたら炎上の格好のネタだもん」

神庭さんがゆっくり目を閉じ、不安を押さえつけるように右頰《ほお》に手を当てる。女子の顔が見えず、画面に映っているのは男子が笑っているところだけなので、実際に何をやっているかは分からない。が、女子がテンション高く「やれ」と煽《あお》られて、ノリでやっていることは容易に想像がつく。

　そして、俺が気になっているのも、まさにそこだった。

「これ、本当に炎上狙いなのかな？」

「あめすけ、どういうこと？」

「いや、ニュースになったヤツって、悪事をしているところがバッチリ映ってて、見た瞬間に拡散されて炎上することが分かるネタだったよな。あの後も模倣犯みたいなのが何件も出た。犬下《いぬした》さんたちが同じようなことを狙うなら、普通なら女の子を狙って撮影するはずじゃないかなって」

　ふむふむ、と納得したように神庭さんは頷《うなず》いた。織羽もアゴの辺りをカリカリと掻《か》いて考えている。

「なるほど、あめすけ、名推理ね。でも違うと思う、これはね、絶対炎上狙い」

「ううん、そうかなあ。根拠あるのか？」

「根拠っていうか理想ね。ストリートダンスなんて、校庭のそこら中で踊るうるさい連中ってだけでマイナス五億点なんだから、たまには糾弾されるべきなのよ」

「それは何のポイントなんだよ」

　あと点数引かれすぎじゃない？

「別アングルで撮っただけよ。きっとこれと同じ感じで女子にフォーカスしてるバージョンがあるはず！　回転寿司といったら悪事って相場は決まってるの。お茶をぶちまけ、皿を割り、軍艦の海苔《のり》を剥《は》がす！」

「もはや犯罪では」

織羽《おりは》の推理に沿って、犬下《いぬした》さんのフォローやフォロワーを探し、他の動画がないか投稿を漁《あさ》る。が、それらしきものは出てこない。犬下さんしかアップしていないようだ。

「ううん、やっぱり何をしてるか解くのが先みたいね」

そうして改めて動画を見直してみる。普通の会話もしているので、そこも注意深く聞いておく必要がありそうだ。

まず動画の序盤。女子が「お茶作ってよ」と頼まれ、「部活を思い出すなあ」と言いながら湯呑《ゆの》みにお湯を入れて作っている。早速、違和感を覚えた。

「待って、よく考えたら、ストリートダンス部でお茶を作るなんてあるのか？」

「そんな話、犬下君から聞いたことないけどね。麦茶とかならまだ分かるけど……」

神庭《かんば》さんに「サッカー部とかであるでしょ？」と話を振られ、すぐに思い浮かんだ。大きな水筒に氷を入れた麦茶を作っておき、休憩中に飲んだりしている。

「そうか、彼女がマネージャーならお茶を準備するのもあり得るな、織羽」

「ないと思う。ストリートダンスの人って麦茶で喉潤さないでしょ。スポーツドリンクとかレモン水とかじゃないとバイブス上がんないとか言ってるに決まってるわ」

「水分補給にバイブス求めるなよ」

神庭さんちょっと笑ってるじゃん。

「この女の子だけ別の部活なのかも。それこそ茶道部とか！　あめすけ、どう思う？」

織羽が俺に視線を合わせる。軽く首を傾《かし》げているのが可愛《かわい》い。

「その可能性はあるけど、茶道部じゃないな。寿司《すし》屋で粉末茶にお湯入れるのとお茶を点《た》てるのは全く違うから」

「やっぱりそうだよねえ」

現時点ではこれ以上の情報は得られそうにないので、動画を先に進めていく。「口つけろ」という例のやりとりがあった後、小さな声だけど犬下さんと女子の雑談が入っていた。さっきはやっていることにばっかり目がいってちゃんと聞けていなかったので、音量を最大にしてみる。

「カスミちゃんがこの前行ったっていうカフェあったじゃん？　あそこの店さ……」

「ああ、うん、自家製クッキーのところね」

女子の名前がカスミということは分かった。一歩前進だ。

「あと、ミズホちゃんオススメのグミ、めっちゃ良かった！」

一歩後退。名も知らぬ女子先輩よ、アナタの名前はどっちですか。

更に続けて何人か女子の名前が出てきてしまい、織羽は「さすがストダン男子、女子の話題を醬油《しょうゆ》代わりにサーモンを食べるのね」と毒付いていた。仮に名前が判明したとしても、漢字も名字も分からないから特定は難しいだろう。

その後も犬下《いぬした》さんと彼女は「ここのイクラ量減ったよね」「分かる」とか「サキさん、足大丈夫？」「うん、おかげさまで」なんて普通の会話をして、すぐに「イカ飲め、タコ飲め」のくだりに入って動画が終わる。

ううん……正直、大きな収穫はなかった。織羽《おりは》も膨らませた頬《ほお》から迷いの溜息《ためいき》をブフーッと吐き出している。

やがて、何かを決意したような表情を見せ、勢いよく立ち上がった。

「よし、お腹《なか》が空《す》いたわね」

「……は？」

全く流れについていけない俺に、織羽は海外ドラマかと思うほど大仰に首を左右に振ってみせる。

「ちょっと、あめすけ。食事に関する謎で、謎解き役が『お腹が空いた』って言ったら、それは『その店に実際に行ってみよう』って意味に決まってるでしょ？」

「絶対決まってない」

推理ドラマでもあんまり見たことない気がする。

「とにかく、カフェには良い時間でしょ？　お茶がてら、スシゴローに行ってみましょ。何か分かるかもしれないし」

早く夕日になりたそうな太陽が、急いで西空の彼方《かなた》へ落ちていく。電気を点《つ》けないままだと、若干暗く感じるようになってきた。確かにちょうど小腹が空いてきているし、ここで動画をループ再生していても埒《らち》があかないだろう。

「私も行くわ。あんまり協力できることないかもしれないけど」

「いえいえ、犬下さんのこと知ってる人がいるのはすごく助かります。じゃああめすけ、早速向かおう！」

「おう、連絡入れておくよ」

俺は陽翔《はると》君にメッセージでスシゴローに行くことを伝え、空き教室を出た。

スシゴローは学校付近からバスで駅前に向かう途中の停留所からほど近い。幸い、三人とも電車・バス通学なので、自転車を取りに戻らなきゃ、なんて余計なことを考えずに移動できた。

東教《とうきょう》ハンズの隣、スシゴローの入り口前で待つこと十分弱。

「雨《あめ》っち、お待たせ！」

メッセージに「現地で待ってて、すぐ合流しまっす！」とスタンプいっぱいで返事をくれていた陽翔君が猛ダッシュしてきた。俺くらいの人目気にする系男子になると、公衆の面前で猛ダッシュできるだけですごいと思ってしまう。「あの人、あんな全力出してどうしたの？　遅刻？　ダサいなあ」「走り姿もおかしくない？　今どきロボットの方がフォーム綺麗《きれい》だわ」とか言われそう。

「いやあ、ごめんね、フェスの方の打合せ、演奏順決めるのが白熱しちゃってさ！　でも二人の謎解きめっちゃ面白いから、イイ感じにまとめて中断してきた！」

陽翔《はると》君、フェスの企画チーフみたいな感じなんだよな……コミュ力お化けのめっちゃ優秀な人……羨《うらや》ましい……。

「ヘイヘイ、織《おり》ちゃんも期待してるよお！」

「うん、あり、がと。じゃあ入ろっか」

ぎこちない動きで入り口のドアを押す織羽《おりは》。気持ちは分かる、この距離で「ヘイヘイ」って声かけられたら俺もそうなる。ヘイヘイ言われるの、バスケかサッカーでボール持ってるときだけだと思ってたわ。

「八番は……あそこね」

夕飯前ということで店は混んでいなかったので、タッチパネルで人数を入れるとすぐにテーブル番号が出てきた。俺と織羽がレーンに近い方、神庭《かんば》さんと陽翔君が通路側にそれぞれ向かいあって座る。

「よっし、じゃあ先に軽く頼んじゃおう！　オレ、シーフードサラダね！　はい、他の人もまとめて注文！」

陽翔君がテキパキと仕切り、俺や織羽、神庭さんも食事やスイーツを頼んでいく。シーフードサラダの軍艦、何だか陽翔君らしくてちょっと笑いそうになった。

すぐに届いたカフェオレを一口飲んだ後、織羽は「よし」とストローから唇を離す。

「あめすけ、そこでお茶作ってみて」

「え、俺？　こうでいいか？」

粉末茶のフタを取り、さじで湯呑《ゆの》みに二杯入れてお湯を注ぐ。織羽は眉をキュッとつりあげ、大きな目を更に見開いた。

「ううん、そうだよね。これで部活を思い出すって言われてもなあ。あるいは何か別の動作をしてるのかな……あ、彼女が女子ソフトボール部のピッチャーって可能性ない？　粉末茶を手にまぶしてるときに、あの白い粉を滑り止めに付けてるの思い出したとか！」

「まず粉末茶を手にまぶすって何だよ」

めちゃくちゃ悪いヤツじゃん。陽翔君も大笑いしてるよ。

「あとロージンバッグは袋を握ったり叩《たた》いたりして粉をつけるから、動きが違うな」

「そっかあ。あとは……陽キャの高校生……粉末、といえば……ヤバいクスリ！　分かった、鼻から吸って――」

「ストップ！」

連想ゲームがひどすぎる、一回怒られろ。

「その次は何かに口をつけて戻してるわね。候補は限られそうだけど……」

神庭《かんば》さんもパッツンの前髪を何回か触っている。謎を解く糸口が見えないことにやや気を揉《も》んでいるようだ。

「醤油《しょうゆ》と甘ダレとガリ、どれに口つけててもおかしくないね。いや、ワサビもあるか」

陽翔《はると》君が卓上にあるものを確認していくけど、確かにそれ以上は絞れない。動画では何に口をつけているか分かる手がかりはなかったから、これもすぐには解けなそうだ。

「それで、その後は『イカ飲め』『タコ飲め』の流れになってから『これは燃えるわ』って言葉が入って終わりだったわよね。じゃあめすけ、ちょっとイカかタコ飲んでみて」

「ちょっと箸取って、みたいなトーンで言うな」

「そんなノリで言ってないわよ。そもそも丸呑《まるの》みできるのか確認したいだけ」

「絶対何かのハラスメントじゃん」

ナンハラ、軟体動物ハラスメントです。

「ううん、じゃあ今日は許してあげるわ。それより、もう一回動画見直してみよう」

また全員で画面に釘付《くぎづ》けになり、繰り返し見ていく。ストリートダンス部のメンバーがはしゃいでいる様子を何度も目にしながら、俺の胸には反省の念が積み上がっていた。

織羽《おりは》のためを想《おも》って、部活を作ろうとした。でもそれは俺の独りよがりだったと、今になって思う。部活は織羽にとって、良い思い出がない場所だ。この動画に出てくるような陽キャにイジられ、心無いジョークで自分を小説に出され、結果的に居場所を無くしてしまった。そんな場所を俺の手でもう一度作ったとしても、もう青春は諦《あきら》めたと言っている彼女からしたら、トラウマを思い出すだけの空間にしかならないのかもしれない。

望まないことをした。断られたら、自分の善意が無下《むげ》にされた気がして、ムキになって言い返してしまった。悪いことをした。どこかで謝らなきゃ。

「犬下《いぬした》さん、連絡つかないんですか？」

何度目の動画を見終えたうえで陽翔君が訊《き》くと、神庭さんは眠たそうな目を少しだけキュッと細め、スマホを持ったまま首を振る。

「つかないのよ、それが。既読にもならない。あ、でも待って、ひょっとしてさっき映ってたの、丸山《まるやま》君かな？」

「え、知り合いですか？」

「うん、中学のときに一緒のクラスだったのよ。ストダン入ったって聞いた気がする。ちょっと連絡してみようかな。細かいことは教えてくれないかもしれないけど、ヒントはもらえるかも。岩里《いわさと》さん、繋《つな》がったら話せる？」

「あ、え、どうでしょうか、ねえ」

わたわたしている織羽を他所に、神庭さんはスマホでビデオ通話を発信した。やがて、動画とは全然違うテンションの「はい」という声が響き、自室らしい部屋と赤いTシャツ姿の男子が映る。

「どうした、神庭《かんば》？」

「丸山《まるやま》君、久しぶり。部活はないの？」

「うん、今日は休み」

「そっか。あのさ、ちょっと話聞きたいことがあって、隣の人と代わるね」

そう言って織羽《おりは》にスマホを渡すと、彼女は危険物を触るかのように「わっ、ちょっ、ほっ」っと慌てながら受け取り、画面に向き合う。が、彼女はそこでいきなり話せるようなタイプではない。

「う、こんにちは、とと突然すみません。二、一年の岩里《いわさと》織羽です」

めちゃくちゃテンパってるじゃん。学年間違ってるじゃん。

「あの、犬下《いぬした》さんの動画を拝見してですね、どんな悪事をやってたのかなと思いまして。あるいはこれ、あれですか？　敢《あ》えてこれしか見せない釣り動画なんですかね？　話題のない女子ユーチューバーが【皆さんに大事なご報告があります】みたいなタイトルで釣って、実際ただベリーショートにするだけ、みたいな？」

「……はい？」

はい、ダメです。動揺のあまり大量に毒を吐いてます。

いや、実際どうすんのこれ。初対面の人に謎の偏見をぶつける人になってるけど。

そこで活躍するのが、俺たちの協力者にしてコミュニケーション担当、天方陽翔《あまかたはると》。

「丸山さん、急にすみません！　オレ、天方陽翔っていいます。あ、全然関係ないけど、そのTシャツ、ALL YOU CAN EATのライブTシャツじゃないですか！　アルバムめっちゃ良かったっすよね！　オレ、バンドやってるんでいつかコピーしたくて！」

「あ、そうそう、オルキャン新譜かなり良かったよね。この前ライブ行ったからさ」

「マジすか！　うっわ、いいなあ、行きたかったなあ！　ああ、それで神庭さんとは知り合いなんですけど、神庭さんがちょっと困ってて。相談乗ってもらっていいですか？」

「おう、もちろん！」

何これ……これが本物のコミュニケーション……俺のやっているのはただの発声……。

俺が途方に暮れている横で、陽翔君は犬下さんの動画のことを説明していく。

「ってことで、あの動画って何してるところなのかなって」

彼の質問を受けた丸山さんは、分かりやすく表情を強張《こわば》らせていった。そして、暗いトーンで呟《つぶや》く。

「あれは……何をしてる動画かは言いたくないな。他のヤツらも黙ってるのに、俺が漏らしたみたいになるのイヤだからさ」

「丸山君、どうしても言えない？」

「うん、神庭《かんば》の頼みでも、今この場ではちょっとね。でも、みんなが思ってるような動画じゃないってことだけは言っとくよ」

聞くことは叶《かな》わなかったけど、仕方ないことかもしれない。俺だって、他の仲間が秘密にしているようなことを教えてくれと頼まれたら、素直に頷《うなず》くことはできないだろう。

「ホントに違うのね？『口つけて！ 戻して！』とか言ってたけど」

「戻して？ ああ、ピッタリ戻してって言ってたやつか。うん、違うよ、安心して」

正直に言うことにはどうしても及び腰らしい。こう言われたら、それ以上追及は難しいだろう。神庭さんと陽翔《はると》君がお礼を言って、通話を切る。

ただ、思わぬ収穫もあった。動画では騒ぎ声がうるさくて聞こえなかったけど、「戻して」の前に「ピッタリ」と付いていたらしい。例えば醤油《しょうゆ》の注ぎ口を付けて飲んだりしたとき、それを「ピッタリ戻して」とは言わないはずだ。どういう意味なのかは分からないけど、何か引っかかる。

「織羽《おりは》、炎上動画じゃないっぽいな」

電話を理由に同じタイミングで二人が席を立った隙に向かいの織羽に話しかけると、彼女はチョコレートケーキをもぐもぐしながらフォークをカチャリと置いた。

「あめすけ、見損なったわ。陽キャの無罪の主張を信じるなんて」

「見損なう……？」

無罪を信じて怒られるの悲しすぎる。

「あのね、有罪の人間ほど無罪って言うの！　ストリートダンス部が回転寿司《ずし》で騒いでるのよ、何もないわけないでしょ！　絶対に疚《やま》しいことがあるに決まってるわ。ああいうグループは、ファストフードに行けばポテトを十個買ってトレーをポテトの海にして遊ぶし、ファミレスに行けばコーヒーフレッシュと水でいかに乳酸菌飲料っぽい色のドリンクを作れるか競争するの。だから回転寿司でもやっている。はい、証明終了」

「証明になってないだろ」

確かにポテトの海とかは見たことあるけどさ！

「さて、じゃあ犬下《いぬした》さんたちはどんなことをしたんだろ……ううん、それを見破れば陥《おとし》れることができるんだけどなあ……アオハルを奪いたい……」

ストレートに歪《ゆが》んだ願望を口にしながら彼女は後頭部をカリカリと掻《か》く。うまく解けないことに多少苛立《いらだ》ちもあるようだ。

やがて織羽は下を向いて空気砲でも打つかのようにフッと強く息を吐く。その勢いでワインレッドのリボンを揺らしながら、バッグからクリアファイルを取り出した。そこに入っていたのは、白い冊子。それをパラパラと捲《めく》り、ジッと目を通す。確かあれは、陽翔君に依頼されたキス&ロックの謎解きの時にも見ていた紙だ。自分なりにまとめた謎解きのポイントでも書いてあるのだろうか。なんとなく聞きづらく、俺は自分でSNSを開いてさっきの動画を再生した。

「あっ、あめすけ、良いものあげる」

「んあ？」

いつの間にか冊子をしまっていた彼女が、ポケットから個包装のチョコを一つくれた。

「ちょっと溶けちゃってるけど。考えるのに必要なんでしょ？」

「おう、ありがとな」

俺がこういう甘い物を食べることを覚えていてくれたことが嬉《うれ》しい。わざわざ用意してくれてたのだとしたら余計に嬉しいと、どんどん欲張りになってしまう。

「ここで何をやったのか……お茶……部活……」

動画をもう一度再生しながら、考えをまとめていく、女子はお茶を作ってなぜ部活を思い出したのか。「ピッタリ戻して」とはどういう意味なのか。イカとタコを飲むというのは言葉通りの意味なのか。お茶……ピッタリ……イカとタコ……

「……あっ！」

閃《ひらめ》きは突然だった。「どうしたの？」と期待の目で身を乗り出してきた織羽《おりは》にすぐさま話すと、彼女の表情がみるみる明るくなっていく。

「それが解けただけだから、まだ半分くらい残ってるけど」

「いやいや、あめすけ、ありがと！　それすごいヒントかも！」

そこから織羽はテーブルの一点を見つめて必死に考え込む。黒い前髪がさらりとおでこを滑るように流れ、真剣な顔つきになっている彼女は、幼馴染《おさななじみ》という色眼鏡を外しても学年でも相当な美人だ。

周りの話し声も気にならないようで、時折曲げた指でトトンッとテーブルを鳴らしてリズムを取りながら一心不乱に思索に耽《ふけ》っている。

そして数分後、急に全身脱力したかと思うと、パンッと両手を鳴らした。

「全部？」

「うん」

それだけの会話で全て分かる。謎は、たった今解けた。

ピッタリ戻して

いつの間にか時間は十八時を回り、スシゴローの店内から少しずつ学生が減っていく。代わりに、夕飯に訪れた家族連れが増えてきた。薄クリーム色のブラインドの隙間から、夜の暗がりが漏れてくる。

タイミングよく戻ってきた神庭《かんば》さん、陽翔《はると》君に謎が解けたことを告げると、二人とも目を丸くしていた。

「ホントに？　すごい……」

「やっぱり織《おり》ちゃん、雨《あめ》っちコンビはヤッバいなあ！　マジでヤバいよ！」

「最終的には本人たちに聞かないとだから確証はないけどね」

そう言って織羽《おりは》は、いつの間にか頼んでいたお替りのカフェオレに口をつけ、テーブル席での謎解きが始まった。

「一番大事なのは、ここで犬下《いぬした》さんたちが何をやっていたのか、ってことですよね。結論から言うと、残念ながら特に炎上するようなことはしてないんじゃないかと思います。多少マナーが悪いことはしてますけどね」

「……そうなの？」

「はい、残念ながら」

神庭さんを見ながら、やや気落ち気味で話す織羽。残念ながら、って二回言っちゃってますけど。

「で、ここが大きなポイントですけど、手だけ映っていた女子はやっぱりストリートダンス部じゃないです。多分、科学部ですね」

「科学部？　って織ちゃん、あの理科の？」

「そう。あめすけが解いてくれたの。お茶を作りながら『部活を思い出す』って言ってたでしょ？　あれって、薬《やく》さじを思い出したんじゃないかなって」

「あ、あの薬を掬《すく》うヤツか！　ウェーイ、雨っち、ナイス閃《ひらめ》き！」

何がどうウェーイなのかさっぱり分からないけど、陽翔君が指をパチンと鳴らしてるのを見て少し嬉《うれ》しくなる。

粉末の化学薬品を容器から移したり計量したりするための薬さじ。それで薬包紙に乗せていたのを思い出したのではないか。自分がお茶を作ったときの動作を脳内で再現し、その可能性に行き当たった。

「ううん、でも岩里《いわさと》さん、それだけで科学部って言い切るのはちょっと強引じゃない？」

「神庭さん、それがですね。科学部だと仮定すると、他のことも辻褄《つじつま》が合うんですよ。まず、このスシゴローに来たっていうのも納得がいくんです。この隣のお店、覚えてますよね？　買い物帰りにここに寄ったって考えると……」

彼女の問いかけに、陽翔君が腕を組んで考える。

「この隣、って東教《とうきょう》ハンズだよね？　買い物……科学部……そっか、実験道具！」

「ご名答。もちろん学校で購入することもできるだろうけど、部活でしか使わないような道具とか、急ぎで調達したい道具なら部費で買うケースもあると思う」

口の端をクッと上げて笑う織羽。俺が閃いて彼女に伝えたのはここまで。ここから先は、陽キャへの復讐心《ふくしゅう》から来る彼女の推理エネルギーを信頼して任せていた。

　彼女は説明を続ける。この前はぐるぐると歩きながら謎解きを披露していたけど、テーブルに座っているからか、チョキにした指を足のように立てて、トコトコと歩かせている。ちょっと面白いからやめて。

「さて、そうすると次の疑問が生まれます。なぜストリートダンス部に科学部の女子が混ざっていたのか。おそらくなんですけど、彼女は犬下《いぬした》さんの親戚なんじゃないかなと思います」

「根拠……があるのよね、きっと」

　神庭《かんば》さんが、静かに織羽《おりは》を信頼する。後ろのテーブルや店員さんを呼ぶアナウンスが響く店内で、ここだけが少しシリアスな空間だった。織羽のチョキの足を除いて。

「雑談のときに、犬下さんが『サキさん、足大丈夫？』って女子に聞いていて、彼女が『うん、おかげさまで』って答えてましたよね。犬下さん、他の女子のことは『ちゃん』付けで呼んでたのに、その人だけ敬称だったんです。単純に相手が年上だからかな、とも思ったけど、足が痛いとか、おかげさまでとか、ちょっと身内っぽい感じですよね。だから、血縁関係がある方なのかなって」

「なるほど……すごい……」

　感嘆の声を漏らす神庭さんに、陽翔《はると》君が目を見開いて「名推理だ」と被《かぶ》せる。確かに親

100

戚っぽいやりとりだ。特に「おかげさまで」なんて、ただの友人なら言わないだろう。

ただ、ここまでは正直大した問題じゃない。謎の核心はここから。一体、彼らはここで何をしていたのか。他の二人もそれが一番気になるようで、次の織羽《おりは》の話を身を乗り出すような形で待っている。

「それじゃぁ、親戚の科学部の彼女を捕まえて一緒にこの店に入ったとしましょう。動画で一番始めに目についたのは『口つけろ』『戻せ』と彼女を煽《あお》っていたシーンですよね。これは、丸山《まるやま》さんとの通話で、実際は『ピッタリ戻せ』だったというのがヒントになりました。あめすけ、ピッタリで何か思いつく？」

「え……そのままの意味で受け取ったら、飲んだ物と全く同じ量を戻すってことかな」

「半分合ってるわね、部分点だけあげるわ」

数学の文章題みたいな採点をされてしまった。

「ピッタリってことはね、飲んでる器が目盛りとかで量れるようになってるってことよ」

「あっ！　ビーカー！」

思いっきり声が出てしまった。そうか、そういうことか。

「そう、ビーカーかメスシリンダーか分からないけど、東教《とうきょう》ハンズで買ってきた実験道具で水を飲んでたんだと思う。例えば……始めにコップからメスシリンダーに水を移して、『口をつけて飲め』と煽って少し飲ませる。そして、ピッタリ百㎖になるようにメスシリンダーに水を補充させてはしゃいでる。そんなイメージが浮かびませんか？」

　まるでさっきの動画の見切れた部分を補完するように、脳内に映像が流れる。何を買ってきたか見せたら「じゃあそれで水を飲んでみよう」という流れになるのは、あの動画の騒ぎようなら容易に想像がついた。

「そうなると、『イカ飲め』『タコ飲め』と言っていたのは分かるわね、あめすけ」

　二回連続の指名。でも、それは解いてもらえるだろうという期待の裏返しであることも十分に分かっていた。

「イカ……タコ……実験道具…………そうか、種子瓶《しゅしびん》だ！」

「正解！　私も科学探偵の小説読んでて覚えてたの」

「俺は百科事典かな。あと爺《じい》ちゃんが本物持ってた気がする」

　二人で盛り上がってる一方、陽翔《はると》君たちは「しゅしびん……？」とぽかんとした表情で首を傾《かし》げていたので簡単に説明する。

「標本を入れておくための瓶なんだ。底にコルクがついてて、中に種みたいな小さいものを入れておくと、色んな角度から中身を見られる。上の部分が三角っぽくなってるのがイカ型、丸っぽくなってるのがタコ型って呼ばれてるんだよね」

　スマホで画像を検索したらしい神庭《かんば》さんが、陽翔君に「ほら、これ」と画面を向けている。ちらりと見えたそれは、正に記憶の中にあるイカとタコの形だった。

「この種子瓶《しゅしびん》で水かお茶を飲ませてたんじゃないかってことですね。ここまで考えると、犬下《いぬした》さんが神庭《かんば》さんのメッセージをスルーしてたり、丸山《まるやま》さんが答えるのを渋ってたりした理由も分かるんです。確かに炎上するようなことはしてないけど、実験道具で水を飲んでワーワーやってるのはマナー悪いですもんね」

「それで犬下君、わざとメッセージ見てないんだ」

神庭さんは、やや機嫌が悪くなったらしく、舌で口の中から左頬《ほお》をグッと押した。

「織《おり》ちゃん、雨《あめ》っち、今回もマジですごいもの見せてもらったわ！　でもさ、オレ一つだけ疑問が残ってて」

陽翔《はると》君が茶色い瞳をキラキラと輝かせながら、人差し指をピッと立てる。

「動画の最後にさ、『これは燃えるわ』って言ってたでしょ？　あれ、どういう意味だったんだろ？　そのまんま、炎上するかもって意味だったのかな？」

「んん、そういう見方もできるけど、そこまで悪いことやってるわけじゃないから別の可能性も考えてるかな。あの女の子が実験道具を買ってたってことは、部活で研究するってことでしょ？　ってことは、その内容を聞いて『その研究はテンション上がるね、燃えるね』って意味で言ってるかもしれない」

「それいいね、織ちゃん、めっちゃ良い解釈じゃん！」

「ありがと……」

織羽《おりは》は浮かない顔をしている。それは、褒《ほ》められるのが嬉《うれ》しくないからじゃない、目的を達成できてないからだろう。青春を奪えるほどの悪事じゃなかった。

「岩里《いわさと》さん、雨原《あめはら》君、ありがと。一言言って終わりにするわ」

パッツンの前髪を手櫛《てぐし》で梳《と》きながら、神庭さんはスマホをタップして発信する。多分相手は犬下さんだろう。神庭さんの耳元で何回かのコール音が鳴った後、カチャリという音がして男の人の声が聞こえた。その刹那、彼女の目がキッとつり上がる。

「もしもし？　あのひどい投稿見たからちょっと聞きたいんだけどさあ！　アンタ、スシゴローで何したの？　言っとくけど、大体分かってるんだからテキトーに誤魔化《ごまか》してもムダだからね！」

ええぇ……なんかこの人ちょっとキャラが違う……俺たちの前では穏やかそうな人だったのに……猫五匹くらいニャーニャー被《かぶ》ってたパターンかな……。

この様子を一番楽しそうに見ていたのは、他でもない向かいの織羽だ。

「いやあ、青春真《ま》っ只中《ただなか》の人間が怒られる、これぞ謎解きの最大の娯楽よね」

「これは謎解きの中でもめちゃくちゃ例外パターンだからな」

「まあ犬下さんが隠そうとしてもネタは上がってるんだけどね、寿司《すし》だけに！」

めちゃくちゃ上機嫌じゃん。陽キャの不幸は蜜の味。

「やっぱり思ってた通りね！　二度とそんなダサいことするな！　高三にもなって後輩女

子煽《あお》って実験道具で遊ぶとかバカじゃないの！」
周囲を気にせず怒る神庭《かんば》さんと、スマホ越しに聞こえる「ご、ごめん……」という申し訳なさそうな声。そして時折笑い声をあげながらニヤニヤそれを眺める織羽《おりは》。喜怒哀楽を混ぜ込んだスシゴローのテーブルは、今日一番の盛り上がりを見せていた。
「岩里《いわさと》さん、雨原《あめはら》君。今日は本当にありがとう。助かったわ」
「オレもう二人のファンなんで！　また他の人にも紹介しとくから！　んじゃねー！」
お礼とファン宣言を受け、どう返していいか分からずペコペコお礼をして、店の前で神
庭さんと陽翔《はると》君に別れを告げる。織羽と並んでバス停に向かう途中、東教《とうきょう》ハンズの前を
通ると、大きめの袋を抱えている女子高生がちょうど店から出てきて、俺は顔も名も知ら
ない科学部の女子がビーカーを買っている姿を想像した。
「今回は一人説教されてたし、満足したか？」
でも、俺の問いに、織羽は目をキュッと瞑《つぶ》って両手で大きくバッテンを作った。
「してないわよ！　くそう、まとめて復讐《ふくしゅう》できるチャンスだったのに……ストリートダン
ス部らしく、ちゃんと醤油《しょうゆ》とか飲んでなさいよ！　何を地味なマナー違反で終わらせてる
のよ！　まったく、器が小さいのよね、ビーカーだけに」
「絶好調だな」

彼女の毒舌を褒《ほ》めた後、気になったことを訊《き》いてみる。

「動画、拡散しないのか？」

「んん……」

拡散すれば、バカなことをしてると勘違いした人がどんどん広げてくれるかもしれない。

絶好の炎上のチャンスになるだろう。

しかし。

「しないわ」

織羽は、はっきりと口にした。

「復讐ってのはさ、正当な方法でやらないとね！　正しい復讐を目指す！」

彼女の表情に迷いはなく、むしろ潔《いさぎよ》さのようなものを感じる。そして、織羽がそう決めてくれたことが、卑劣な方法を使わないことが、なんだか無性に嬉《うれ》しかった。

でも、こんな楽しいだけの会話で終わらせる気はない。彼女に伝えなきゃいけないことがあった。謎解きが終わったら伝えると約束していたこと。

「……あのさ、織羽。謎解きの間、自分の気持ち、というか考えを整理したんだけど」

「なあに、あめすけ」

緊張する。グッと、唾を飲みこむ。

「部活の件、悪かった、ごめん。織羽の気持ち考えないまま、謎を集めることだけ考えて勝手に盛り上がってた。それに、頑張って生徒会に訊《き》いたりしてたから、否定されるのが悔しくて反発してたんだ。ホントにごめんな」

肩甲骨を覆うように伸びた後ろ髪を撫《な》で、前髪を右に払いながら、織羽《おりは》は黙って話を聞いている。視線はあまり落ち着かず、じっくり考えている様子だ。どんな返事が来るのか、この時間が怖い。

ややあって、彼女は横にいる俺のことをまっすぐ見て、静かに頷《うなず》いた。

「ううん、私も強く言いすぎた。あめすけの気持ちも分かってたのに、ごめんね」

眉を下げて、口を真一文字に結ぶ。

「なんか、せっかくあめすけと一緒に謎解きやってるのに、部活に入ったら昔のこと思い出したり、入部希望者が出てきてまた煩《わずら》わしいゴタゴタが始まっちゃったりするかもしれないじゃん？　それで嫌な思いするのも、強く当たってあめすけに嫌な思いさせるのもごめんだなって思ったんだ。まあ確かに部屋は欲しいけどね！」

言葉を選びながら、自身でも嚙《か》み締《し》めるように話す。それは、入学してから今までずっと復讐《ふくしゅう》のことばかり口にしていた彼女の、中学以来久々に聞く素直な気持ち、なのかもしれない。

「それにしても、今回は三人がかりで謎解きできて良かったな。陽翔《はると》君が丸山《まるやま》さんと話したから『ピッタリ』ってヒントをもらえたし」

「確かにね、天方君《あまかた》のおかげで助かったよ。でも、うん、ふふっ、二人で謎解きするのも楽しいけどね！　あめすけ復讐に興味ないと思うけど。どうせいつかクラスの子から謎解きの依頼もらって仲良く青春しようと思ってるんでしょ！」

「……おう」

今のは毒舌だろうか、それとも、デレたのだろうか。その答えは、夕暮れの中でも鮮明な、赤く染まった頬《ほお》で分かった。照れを隠しきれていない織羽を見て、血液が全身を駆け巡り、心臓が早鐘を打つ。

そして、気付かされる。他の人と話しているときに「どうせ自分なんて」と落ち込みがちな俺が、織羽に対してそうならないのは、彼女と対等な関係でいたかったから。でもそれはきっと、小学校のときのようなただの仲良しじゃない。

「じゃああめすけ、また明日ね！」

「またな、織羽」

自分はぼっちになった時に「自分が悪い」と全てを諦《あきら》めたのに、未《いま》だに怒りを滾《たぎ》らせ復讐に燃えて突き進んでいく織羽に、すっかり惹《ひ》かれていた。

第四章　謎解きは、居場所作りに有用な場合がある

裏を暴《あば》く

六月七日、水曜日。朝から全国的に雨模様で、歩道の小さな窪《くぼ》みに貯《た》まった水を踏んでしまい、パシャッと音が鳴った。今月から衣替えでブレザーとはしばらくお別れ。でも雨天だからといって肌寒いなんてことは全くなく、気温が高くて半袖のワイシャツでちょうど良い塩梅《あんばい》だった。

「昨日の『呪いの迷い子』、リアタイした？」

「寝ちゃってたんだよなあ！　配信で追いかけるわ」

既に騒がしい教室の後ろのドアをガラガラと開ける。机の位置的には前から入った方がいいんだけど、クラスで一定のポジションを築いてる人だけが前のドアから「ウェーイ、おっはよー！」って入る権利があるような気がして、後ろからしずしずと入った。

前に移動しながら、ずっと窓の外の雨を見ている彼女の横を通り過ぎる。

「織羽《おりは》、おはよ」

「おはよ、あめすけ」

先々週の謎解きからほぼ二週間。俺たちの関係は何も変わらない。ように見えているけ

ど、実際は違う。俺が少しだけ、彼女を意識するようになった。とはいえ、すぐにどうこうなりたいわけでもないし、そんな自信もない。当面は今まで通り接していくつもりだ。

「さて、皆さんお待ちかねですね！」

朝のホームルームで、鹿島《かしま》先生が楽しげにクリアファイルを取り出す。

「全教科返ってきたと思うから、個人票を返します。あと、総合と各教科の成績上位者は後で後ろに貼っておきますね」

「うわー、怖《こえ》え！」

「順位気になる！」

口々にクラスメイトが叫ぶ。先週の月火、二九日・三十日に行われた、高校初めての定期試験である中間テスト。その結果の返却だ。先生が名前を呼び、文庫本くらいのサイズの紙を渡す。出席番号二番の俺は、相変わらず何の心の準備もないままに呼ばれた。

「雨原《あめはら》君、さすがね。おめでと」

「あ、どうも……」

結果を見て、若干驚く。国社理数英、全教科学年一位。もちろん総合一位。偏差値もかなりのものになっていた。

「ねえねえ、雨原君、どうだった？」

快活という単語を擬人化したような飯橋《いいはし》君が俺のワイシャツを後ろからつついた。

「あ、うん、一応、一位だったよ」

「マジで、やば！　見せて！」

いや、雨原亮介《あめはらりょうすけ》よ。自分で付けておいてアレなんだけど「一応」って何だよ。変なところで無意味な謙遜するなよ。一応ってことは、何か要素足したら一位じゃなくなるのか？　この二ヶ月間でできた友達の人数×十点を加算する？　すぐさま劣等生になるわ。

「ちょっと待って、全教科トップじゃん！」

「全教科？　マジで？　すごい、ホントすごいよ！」

みんなが俺の周りに集まってくる。瞬間的に俺がこのクラスのヒーロー、のように見える。でも、実際はそうじゃない。

俺の頭脳と、強いて言えば俺の努力。それに人が集まってるだけだ。回し車をマスターしてカラカラ走ってるだけで人が集まってくるペットショップのハムスターと一緒。しかも今回オール一位なんてどうかしてる結果になったことで、次に二位を取っただけで「雨原、陥落！」みたいなことになって人も離れていくだろう。どうするハムスター。いや、スター性はないからハムで十分だ。

「数学百点だ！　英語も百点？　化け物じゃん！」

「もう頭良いの通り越して気持ち悪い！」

「普段どうやって勉強してるの？」

　みんなからイジリ成分が多い褒《ほ》め言葉を貰《もら》いつつ、勉強方法の質問に迷う。これは、自慢するのが正解なの？　それとも謙遜するのがいいの？　加減が全然分からない。でも自慢気に話すの絶対良い気分じゃないよね？　じゃあ謙遜で行くよ！

「いや、うん、塾とか行ってないから普通に勉強してるだけだよ」

「そう、なんだ、へえ……」

　加減が分からないよ！　なんか嫌味《いやみ》に聞こえた気がする！　「君たちとは頭の出来が違うからね」的な！　もう少しマイルドな演技を身に着けたい……アカデミー謙遜男優賞を目指して……

「学年トップは大変ね」

「そんなに大変だって思ってないだろ」

「まあ学年最下位よりは大変じゃないんじゃない？」

　頬杖《ほおづえ》をついた織羽《おりは》が、口を少しだけ開けてからからと笑う。

　朝のテストショックを引きずったまま気落ちして過ごしていた昼休み。お昼を食べ終えて、織羽の席まで来ていた。いつも彼女の席を占領するクラスメイトは、今日はグループで別の場所に行っているらしい。

「テスト期間中って気疲れするよな。クラスのみんなは結構元気そうだったけど」

「分かってないわね、あめすけ。陽キャにとってのテストっていうのはね、終わってからちょっと良いリゾートカラオケで分厚いハニートーストを食べるためだけにこなすイベントに過ぎないの！」

「そんなことはない」

テストがおまけじゃん。

「ハニートーストに添えられたバニラアイスをいつ食べるか、みたいなすこぶるどうでもいい質問で盛り上がりながら、『森下君、チョーうける！　じゃあ、今度カフェデートしてみない？』っていう海外コメディドラマくらいの気軽さでデートしてる。それが陽キャって生き物なの。その生態は謎と欺瞞《ぎまん》に満《み》ち溢《あふ》れているけど、世の中にとって有害であることは間違いないわ」

「毎回そういうのがスラスラ出てくるの、ホントにすごいと思う」

「憎んでいれば自然と口をついて出てくるわよ」

やや睨《にら》むような目で、クラスを見渡す織羽《おりは》。自分の中学時代を台無しにした陽キャそのものを根絶する。理不尽なその復讐《ふくしゅう》の機会を、彼女は今日も狙っている。

陽キャからしたら完全なとばっちりだな、などと考えていた、そのタイミングだった。

「あの、雨原《あめはら》君っていますか？」

廊下の後ろのドアのところに、見覚えのある人が立っている。

「あ、川嶋《かわしま》さん」

創部申請のときに色々教えてくれた生徒会副会長、二年生の川嶋海風《みかぜ》さんだ。

「織羽、一緒に来て」

「いいけど、知り合い？」

せっかくなので織羽と一緒に向かいながら、事情を説明する。ところで、毎回この教室に色んな人が俺や織羽目当てで来るの、若干心配なんだよな……クラスには興味ないけどクラス以外の人とめっちゃ仲いい人みたいで印象悪いのでは……。

「川嶋さん、どうしたんですか？」

「ああ、ごめんね、急に。先々週申請の相談来てくれたとき、クラスも聞いてたから」

ライトブルーのハーフリムのメガネに、優しさと賢さの両面が見える顔立ち。黒色のミディアムヘアは更に伸びて、肩に迫ろうとしている。彼女は織羽をじっと見た。

「貴方《あなた》も謎解きやってるのかな？」

「あ、そうです。一緒にやってます」

織羽と横並びになりつつ、クラスメイトの邪魔にならないように廊下の柱の前まで移動した。

「はじめまして、生徒会副会長、二年の川嶋海風です」

「い、岩里織羽《いわさとおりは》です。川嶋《かわしま》さん、よろしくお願いします」

「海風《みかぜ》呼びでいいわよ、雨原《あめはら》君もね。名前の響き気に入ってるから」

「分かりました、じゃあ俺は海風さんって呼ばせてもらいますね」

俺も響きが割と好きだった。が、織羽はまだ緊張しているようで、「徐々に呼びます……」と浅く会釈した。

「でね、謎解き部についてどうなったのかなって、ちょっと気になってたの」

「あ……」

しまった。あの後、海風さんに報告してなかった。

「すみません、結局やらないことにしたんです」

「えっ、そうなの？」

事情を話すと、海風さんは少し、というか割とがっかりした様子で「そっかあ」と肩を落とした。

「せっかく色々教えてもらったのに、ごめんなさい」

「ううん、そういうのじゃないのよ。ミステリー好きだから残念だなって」

「あ、そういうがっかりなんですか」

「そうよ、本やドラマを見ながら自分も探偵になったつもりで謎解きしてるの。本格ミステリーが断然好き！　もちろん日常の謎系も嫌いじゃないけどね。ミステリーって素晴らしくない？　不可解な謎も、クセのある探偵や容疑者も面白いし、謎解きそのものだってワクワクするわよね。そして事件の背景には犯人の悲しい過去や被害者への愛情が垣間見《かいまみ》
える。ああ、短い時間でここまで楽しめる娯楽って他にないわ！　一昨日《おととい》も『京都碁盤の
迷宮』見てたんだけど……」

恍惚《こうこつ》の表情のままびっくりするほど早口で語る海風さん。なるほど、ミステリーオタク
だから謎解き部にも興味があったんだな。

「ね、ね、雨原君。今ちょっと時間ある？」

「今ですか？　はい、大丈夫ですけど……」

その言葉に、海風さんはぱあああっと目を輝かせる。

「事件の話、聞かせてほしいな！」

「え……それは……」

「ね！　ちょっとでいいの！　なんなら謎とヒントだけ教えてくれたら一日考えるから！

それで答え合わせしましょ！」

「いや、そんなバラエティーみたいなこと……なあ、織羽？」

興味津々と顔に書いてあるような表情のお願いに、思わず織羽にも同意を求めてパスを
出す。明らかに動揺して、目をキョロキョロさせている。

「うん、あの、そんな、全校生徒の前で演説する舞台度胸とか、選挙で当選を勝ち取れる

人望とか、そういうのを持ち合わせた陽キャの人に話して楽しい事件じゃないので……」

動揺すると本人に軽い毒をぶつけるクセを一刻も早く直した方がいい。

「えええっ、そんなあ！　ワタシ陽キャじゃないのに。うちの代は誰も希望者いなかったから、先生の推薦で任命されただけよ」

膨れていた海風《みかぜ》さんだったけど、織羽《おりは》のリアクションが面白かったのか、口に手を当てて楽しそうに吹きだす。そして、俺たちが及び腰なのも察してくれたようだ。

「ふふっ、じゃあまた今度の機会にしようかな。部活の件、教えてくれてありがと」

今度絶対だよ、と念を押して彼女は手を振って帰っていった。

すぐに放課後がやってきて、いつものように南校舎の空き教室で別々の机に突っ伏す。

「今日も何も来なかったなあ……暑い……」

「まあ仕方ないよな。俺たちがどこにいるかも分からないわけだし……急に暑くなってきたよな……」

空き教室ということはクーラーもついてないわけで涼をとるのは風頼みだけど、一気に気温が上がった挙句、窓から入ってくる微風が温《ぬる》い。織羽は完全に顔面を机にくっつけていて、檻《おり》の中で猛暑に茹《う》だる動物のようだった。六月上旬でこれだと、八月頃には二人とも溶けてるんじゃないか。風で混ぜられて、ふわふわの陰キャムースが出来上がりそう。

こうして待っていて「謎があります！」なんて連絡でも来ればいいけど、そんな期待はできないだろう。そもそも謎が起きたとして、居場所も連絡先も分からない俺や織羽に依頼すること自体が難しいのだ。それは、「固定の部屋もないしね……」と呟《つぶや》く織羽も感じているようだった。

「でも動かないと……目指す世界の実現のために……」

暑さにやられている彼女が息も絶え絶えに口を開く。

「お・り・は　でまとめてたヤツだよな」

「そうよ。

お　↓　お昼休みは誰とも机をくっつけない

り　↓　リーダー格の女子が髪型を変えても美容院を聞かない

は　↓　話したくないときはイヤホンをして突っ伏せばオッケー

こういう世界を作っていくの」

「ん？『は』が変わってないか？　確か初詣が云々《うんぬん》じゃなかったっけ？」

「お、さすがあめすけ、抜群の記憶力！　もともとは『初詣行って年を越そうとか提案しない』だったけど、年に一回だけのルールあっても仕方ないしね」

確かに、いつもイヤホンをしている彼女らしいルール改定だ。

「よしっ」

何かを決意したように、体を起こした織羽《おりは》がパンッと手を叩《たた》く。教室に溜《た》まった熱気で火照った顔で、この前の謎解きの後に照れていたときの表情を思い出してしまい、俺も体が仄《ほの》かに熱くなった。

「待ってても来ないなら仕方ない。私たちの方から陽キャを潰しにいこう」

「私たちの方から……って何する気なんだよ」

「学校の人気者の裏アカを暴《あば》く！　これが正しい放課後の使い方だと思うわ」

「絶対に間違ってるから」

学校の人気者の方が大抵正しい放課後を送ってる気がする。

「え、確かに前にも言ってたけど、本当にやるのか？　そんな簡単にできないだろ？」

「あめすけ、何事もやる前から諦《あきら》めちゃダメ。できないはずだ、なんて逃げたいだけの言い訳だよ？」

「言ってることはまともなんだけどな」

青春から逃げてる俺たちがそれを口にしていいのか、というね。

「まあ、気長に待つよ」

「ありがと、待ってて。ＳＮＳを漁《あさ》っていくわ」

俺は古文の宿題に手をつけ、助詞を調べながら和訳していく。彼女は恐ろしいほどの集中力でスマホを見ていた。

そこから一時間ほど経《た》っただろうか。古文が終わり、数学も終えて、読みかけの文庫本を数十ページ進めた俺の横で、織羽が「ふう」と一息ついた。

「ちょっと休憩するか？」

「いや、裏アカ見つけられたの」

「マジで！」

大きな声が出た。何この子、陽キャ探知機でも付いてるの？

「ほら、これよ。テニス部三年生で人気の冴木《さえき》彩佳《あやか》先輩は知ってるでしょ？」

「いや、知らない」

「あのね、あめすけ。復讐《ふくしゅう》の対象者はしっかり覚えておくべきじゃない？」

「学校の陽キャ全部覚えるのかよ」

実際ちゃんと覚えてそうなのがすごい。

「え、どうやって見つけたんだ？」

「大したことしてないわよ。まずはうちの高校の名前とか運動部の名前を組み合わせて、個人情報丸出しにしてる表のアカウントを見つけるの。すぐにテニス部の部員が引っかかったわ。そこからリプ欄を辿《たど》ってくと、大体人気者に行き当たる。今回は冴木さんね」

彼女はスマホを何回か操作に、俺に冴木さんという女子の画面を見せてくれた。

「ほら、あとは簡単よ。フォロワーの一覧から、それっぽい人を見つければいいだけ。大体表のアカウントと繋《つな》がってるからね」

「見つけるって……フォロワー八百人くらいいるぞ」

「まあ一覧で見ていけばそんなに大変じゃないわよ。怪しいと思った人がいたら、その人のページに飛んで投稿を見ていって検証する。アップしてる画像が表のものと似てるとか、明らかに部活が分かる投稿してるとかね」

そんな一つ一つ虱潰《しらみ》しに……執念がすごい。

「まあ別人格を完全にやりきるなんてできないわよ、みんなまだ高校生だもん」

「高校生にそれ言われるの面白いな」

なんでちょっと年上っぽいんだよ。

「で、見つけたのがこれよ、ほら」

見せてもらったのは「こうか」という名前のアカウントだった。フォロワーは二十人ほどで、プロフィールの写真は若干ピンボケしたマグカップの写真になっている。

「まずこのアカウント名が怪しかったのよね」

「そうか？　適当だからってこと？」

「違うわよ、『さえき』を一文字ずつ前にずらすと『こうか』になるでしょ」

「なるほど、鋭い……」

確かに、裏アカならそんな風に名前を決めることもありそうだ。

「実際に投稿を見ると、表で家族で中華料理に行った画像をアップしてるのとほぼ同時に『海鮮料理が辛い！』って投稿したりしてたから、同一人物とみて間違いないわ」

「それで見つけるの、ホントにすごいな」

小さく拍手すると、気を良くした織羽《おりは》は立ち上がって俺の喝采を制し、声高に叫ぶ。

「さあ、テニス部よテニス部、これは堕《お》とし甲斐《がい》があるわね！　テニスってだけでもう青春の感じがぷんぷんするでしょ！　お姉ちゃんからも、大学でもテニスサークルでは男女みんなで夏休みにバスをチャーターして合宿に行くという陽キャレベルマックスのイベントをするとお伺いしてますよ！」

「織羽を見てるとお姉さんが全然想像できないな……」

いつか一度お会いしてみたい。女版の陽翔《はると》君だったらどうしよう。

「とにかく、少女漫画でも爽やかなイケメンにはサッカーかバスケかテニスさせとけばいいって感じだし、テニスしてる女子ってだけで明るくて元気なイメージ抜群！　たまらない！　陥落させたい！」

「キャッキャした声で言うことじゃないのでは」

「いいや、言わせてもらいます！　これは復讐《ふくしゅう》の絶好の機会だからね。さて、何か炎上しそうなもの載ってないかな。あめすけ、隣で見よ」

彼女に促されて机と椅子を彼女の席の隣に並べ、一緒にスマホの画面を見る。写真や動画が見られるメディア欄をスクロールしていくと、今日投稿している紫陽花《あじさい》の写真の下に、動画がでてきた。織羽《おりは》はそれを再生した途端、あっと小さく叫ぶ。

「芳野《よしの》、美織《みおり》さんだ」

「え？　知り合いか？」

「ううん、冴木《さえき》さんと同じテニス部の三年生で、同じくらい人気なの。ライバルみたいなものかな」

そして俺たちは、この動画が裏アカウントに投稿された理由をすぐに知ることになる。

動画に映る活動は

動画は、冴木さん本人が撮って簡単に編集し、昨日投稿したものらしい。早送りにはなっていないけど大事な部分だけ切り貼りされて短くなっている、最近流行《はや》りのショート動画のようなスタイルだった。途中に入っているナレーションの声は本人のものだろう。

「すごいの撮ったね……」

「だな……」

織羽の率直な感想に、俺も頷《うなず》くしかできなかった。

一分ほどの動画は、芳野美織さんというテニス部の女子が夕方の街を歩いているところから始まる。背の高い茶髪ショートの彼女を後ろから追いかける形で撮影されていた。

『たまたま友達とご飯食べに来てたら、美織を見つけたの！　すぐ動画回しちゃった』

冴木さんのナレーションの後、動画が若干飛び、繁華街の方に向かう芳野さんが映された。あの辺りは確かオシャレなレストランやお酒の店、そしてホテルなどがある場所だ。そして彼女は、その繁華街の奥へと消えていった。

暗転したかと思うと、さらに三、四時間後に時間が飛んでいる。証拠なのかテロップで時刻が表示された。

暗い中でもしっかり撮ろうと判断したのか、冴木さんは繁華街の入り口にある分かりやすい門の下で待機している。その入り口に向かって歩いてくる芳野さん。父親というには少し若い、スーツ姿の四十歳くらいの男性と歩いている。

冴木さんのテンション高めのナレーションが流れる。

「なんと、知らないイケメンおじさん！　お父さんは昔、部活の試合とか見に来てたけど別人です！　二人でこの奥にあるイタリアンやベトナム料理にでも行ったのかな？」

繁華街から出てきた二人は、そのまま駅へと向かっていき、動画はブツッと暗転で終わった。

全て見た織羽《おりは》は力強く立ち上がる。

「はい、きました、パパ活です！」

「断定が早いよ！」

謎解きのステップはどこ行ったんだよ。

「いいや、あめすけ、これは申し訳ないけどパパ活に決まってるわ！　陽キャ女子ってのはね、すくすく育って十七、八歳にもなればパパの一人や二人いるものなのよ」

「いつか陽キャに叩《たた》かれるぞ」

物理的な意味でな。

「パパを捕まえて、『なんでそんな高いもの持ってるの』みたいな財布やポーチを持ってアピールするの。私調べによると、パリピ陽キャ女子の可処分所得の七割は、そういうお金なのです！」

「調査対象が偏ってるのです」

ダメだ、この子完全にパパ活と信じて疑ってない。

「パパ活って、食事してお金貰《もら》ってるってことか？」

「そうね。もちろん、それ以上もあるかもしれないわよ！　例えば、ほら……」

「例えば？」

「その……」

言葉に詰まった彼女は、口を半開きにしたまま硬直する。やがて、胸元のリボンと同じくらい、かあっと顔を赤くした。

「ゆ、ゆゆ誘導尋問ね、引っかからないわよ！」

「何も誘導してないのに」

熱くなった頬《ほお》に手を当てて冷ましている織羽、可愛《かわい》い。

「で、どうするんだ？　これを拡散して芳野《よしの》さんの悪評を撒《ま》く？」

「最終的にはそうしたいけど、ちゃんと確証を得てからね」

「この前のストリートダンスも、炎上かと思ったら違ったもんな」

そうなのよ、と織羽は悔しそうに右手の指をパチンと鳴らした。

「『俺たち、アンタらとは違ってクールに生きるんで』って世間にケンカ売る表現手段としてダンスやってるんだから、炎上くらいしっかりやってほしかったわ」

「織羽が一番世間にケンカ売ってるからな」

きっともっと普通の理由で部活やってるぞ。

「とにかく、ぐうの音も出ない証拠を突き付けて『テニス部の人気女子というポジションに胡坐《あぐら》をかいて、とんでもないことをしでかしてしまいました、申し訳ありませんでした』って挨拶させるわ。その後に『これからは陰キャになり、謙虚に慎《つつ》ましく生きていきたいと思います』って宣言させてみせる」

活《い》き活《い》きした表情で力強く拳の握りしめる織羽《おりは》。彼女の本気は、止められない。

「そのためには、その時の様子をもっと知る必要があるわね」

「ってことは……?」

「聞き込みは謎解きの基本よ、あめすけ」

こうして俺たちは、冴木《さえき》さんに会って詳細を訊《き》くことにした。


翌日、六月八日の二時間目の休憩。俺と織羽は階段を上り、三階に向かっている。その足取りは、二人とも重かった。

芳野美織《よしのみおり》さんを撮影したときのことをもっと詳しく聞きたい。そのために、撮影・投稿した張本人である冴木彩佳《あやか》さんの教室に行こうとしていた。

しかし、三年二組に着いてからが問題。

「あめすけ、行ってよ」

「いや、たまには織羽が行ってもいいんだぞ」

お互い、一歩を大いに譲り合っている。一年生の他のクラスに行って話すのだって苦手なのに、三年生の教室で人を呼ぶなんてハードルが高すぎる。

「よし、じゃあ私がちょっと行って、あめすけに貸しを作るわね」

そう言って教室のドアを後ろから前へと通り過ぎ、そのまま踵《きびす》を返して戻ってくる。そしてもう一度、今度は不審者と思われないようにという配慮か少しだけ早く通り過ぎ、また戻ってきた。完全にシャトルラン。

「やっぱり苦手ね」

眉をクククッと下げ、思いっきりしょげている織羽が、俺の方をチラリと見た。

「ほら、あめすけ。今度はあめすけの番だよ」

「仕方ない、やるか……」

しかしここで、幸運の女神が微笑《ほほえ》む。ちょうど二組の先輩の一人が教室から出てきたのだ。これは大チャンス！　あとは「冴木さん呼んでください」と声をかけるだけ！

「あ、あの」

しかしここで、不運の女神が微笑む。二組の先輩の一人は、緊張で掠《かす》れた俺の声に気付かなかったのだ。これは大ショック！　あとは「やっぱり俺なんか」と落ち込むだけ！

「ダメだ、織羽、出直そう……」

「ちょっと、あめすけ、こんなことで気落ちしてどうするの！」

「甘いぜ織羽。俺くらいの心弱い系男子に今みたいなフォローをすると、俺のしんどいことは他人には『こんなこと』で片づけられるようなものなんだ、って余計に気分が塞ぐ」

「そういうことじゃなくて……」

軽く溜息《ためいき》をつく織羽。大丈夫、励まそうとしたのは分かってるのよ、切り替えられない自分が悪いのよ。

　人と話すだけでこんなに苦労するなんて、お前はこれからの人生本当に大丈夫なのか。さっきの「あの」とか、インコの方がまだスムーズに話せるぞ。「私が両手をひろげても
お空はちっとも飛べないが　飛べる小鳥は私にくらべ　きちんと会話ができるのです」

なんだこの小鳥に全負けしてるポエム。

「確かに、もう休み時間終わるし、次は昼休みね」

この後、織羽《おりは》が俺の仇《かたき》とばかりに戻ってきたさっきの先輩に話しかけたものの、同じく聞こえなかったようでスルーされる。彼女は、「あ、あの、あの」と発声練習をしながら一階へ戻っていき、俺は後を追いかけた。


「あめすけ、リベンジ」

「だな」

二時間後の昼休み、もう一度挑戦しようと廊下を歩く。「さっきは後ろの七組の方から行ったからうまくいかなかった、ってことにしよ！」という織羽の意味不明な理論に基づき、今回は一組の方から歩いていくことにした結果、一年の廊下から遠回りをしていた。

　そして一年二組の前を通りかかったタイミングで、明るさを煮詰めたような声が聞こえてくる。

「おっ、雨《あめ》っち、織《おり》ちゃん！」

ほぼ色が抜けて金髪に近くなった髪をふわふわと揺らしながら、陽翔《はると》君が駆け足でドアまでやってきた。そうか、二組って言ってたもんな。

「どうしたの？　分かった、謎解きだ！　なになに、今回はどんな感じ？」

カラコンの茶色い瞳をキラキラさせる陽翔君。相変わらず近い。俺たちの心まで透かして見ようとしているかのような距離感。

織羽が事情を説明すると、彼はより一層瞳を輝かせた。これ以上光ったら発光する。目から陽キャビームが出ちゃう。

「マジ？　やっぱ、めっちゃ面白そうじゃん！　オレも行く！」

「え、ホントに？　でも天方《あまかた》君、予定あるんじゃ――」

「ううん、ないない！　それに雨っちと織ちゃんだと三年生相手にうまく話せなくない？オレに任せとけって！」

「お願いします」

即答する織羽、そしてストレートにコミュ障認定された彼女の表情は、割とダメージを受けていた。安心してくれ、俺もだ。心が軽く萎《しお》れたぞ。誰か配慮という名の水を。

「よし、それじゃ出発！　雨っち、冴木《さえき》さんって三年何組？」

「あ、二組だよ」

俺の言葉に背中を向けたままサムズアップした右手を見せて、彼は階段を一段飛ばしで上がっていく。そして先陣を切ったまま、何の躊躇《ためら》いもなく三年二組に到着した。

「こんちは！　冴木《さえき》さんいますか？　オレ、一年の天方《あまかた》でっす」

俺と織羽《おりは》があんなに困っていた始めの一歩を容易《たやす》くクリアし、教室に響き渡るような大声で呼び出す。

やがてやってきたのは、背が低めの茶髪の女子だった。

「こんにちは、冴木です！」

一目見た瞬間、ああこれは学校の人気者になるわ、とよく分かる人だった。陽翔《はると》君のような白っぽさではなく、赤っぽさのある茶髪のミディアムヘアに、涙袋がはっきりした目、小さい口にピンクの唇。背は小さいけど小顔で細いから、体のバランスが取れている。

「かわいい高校生」と聞いてみんながイメージする、実写版青春映画のヒロイン。冴木さんは正にそんなイメージだった。

「冴木さん、ありがとです！　オレ、天方陽翔です。ラインハルトって呼んでください」

「何それ、ラインハルト？　ダサカッコいいじゃん」

「ダサくないですって、めっちゃ気に入ってるんですよこの愛称！　いやあ、オレ実は冴木さんの大ファンで！　バンド仲間がイケてる三年生いるって写真見せてくれてから気になってたんすよ！　俺、一年二組なんで、二組繋《つな》がりで仲良くしてください！」

「ちょっ、二組繋がりって薄くない？」

待って、二人ともホントに初対面？　この打ち解け方は何？　これが陽キャの本気？

「分かったでしょ、あめすけ。陽キャってのはこうやって、前世は絵の具だったのかってくらい誰とでもすぐに溶けて混ざり合うの。そして日々動画だの無料漫画だの新作スナックだの些細《ささい》なことをネタに雑談していく中で集団になり、マウンティングが生まれ、リーダーが生まれ、勝者が決まる。陽キャってのはね、競技なのよ」

「競技ではない」

でも世界大会とかやってほしい。日本対イタリア、陽キャ国際A級マッチ。

「ほんじゃ、本題はこの二人から。織《おり》ちゃん、お願いね」

急に振られた織羽は「うお、わっ」と動揺しながらスマホを取り出した。

「すみません、この動画の件なんですけど……」

彼女はスマホで芳野《よしの》さんの映像を見せる。冴木さんはびっくりした様子で「別の場所行こ」と俺たち三人を下の階に誘導した。

「よし、ここならいいかな」

北と南の校舎を結ぶ屋外渡り廊下。いつもは俺と織羽で来ているこの場所に、今日は陽翔君、そして冴木さんも一緒だ。移動中に、たまたまこの動画を見つけたので真相を調べようと思っている、とやんわり理由も説明しておいた。

周りに人がいないのを確認して、冴木《さえき》さんが口を開いた。

「ね、ね、最初に確認なんだけど、このアカウント、なんで私って分かったの？」

「あ、そのですね、まあ私が裏アカをあ――」

「えっと、なんでしたかね！」

危ねえ。織羽《おりは》、完全に「暴《あば》く」って言いかけてただろ。

とはいえ、どうやって弁明しようかなと考えていると、陽翔《はると》君が「いやあ、冴木さん人気ですから、色々情報入ってくるんですよ！」と誤魔化《ごまか》し、それに悪い気はしなかったらしい冴木さんは「そっか、内緒ね」と歯を見せて笑いながら人差し指を口の前に立てる。こういうあざとい仕草が似合ってしまう。しかもテニス部。なるほど、これは男子が放っておかないだろう。

それにしても陽翔君のキャラに救われた……ひょっとして謎解きに一番必要なの、この突き抜けるほど明るいコミュ力なのでは。

「これ、芳野美織《よしのみおり》さん、ですよね？」

「そうそう、私もびっくりしちゃってね」

織羽の問いかけに、彼女は顔を顰《しか》めて頷《うなず》く。

「まさか美織がパパ活やるなんて……」

「やっぱりパパ活ですよね！　そうに決まってますよね！」

いきなりハイに叫ぶ織羽。テンションの緩急が怖いって。

「ほら、あめすけ、私の考えに間違いなかったでしょ？　冴木さん、こういうのやってる人って他にもたくさんいるんですか？」

「まさか！　まあ……知り合いでやってる人がゼロ、ってわけじゃないけどね。あ、ちょっとごめん」

部活の連絡が来たらしく、スマホを触り始めた冴木さんの近くで、織羽は勝ち誇るように胸を突き出して叫んだ。

「聞いたでしょ？　やっぱりパパ活なのよ。これはもう陽キャがお金を得るための常識になってるってことね。コンビニで店員がわざと大量に一つのものを買った挙句、『間違って大量入荷しちゃいました（涙）』ってSNSに出してバズって売り上げ稼ぐのと同じくらい常套手段《じょうとうしゅだん》なのよ」

「さらっと偏見を混ぜるな」

「うはっ、二人とも相変わらず面白いなあ」

陽翔君はケタケタと笑っている。

さあ、織羽の中で既に結論は出ているみたいだけど、今回も謎解きを始めよう。

冊子に想《おも》いをぶつけて

電話をし始めたのをこれ幸いと、冴木《さえき》さんに聞こえないように少しだけ距離を置いて話を続ける。

「冴木さん、さっきも普通に心配そうだったな」

「なんと！」

織羽《おりは》は目を思いっきり丸くした。「なんと」って日常生活で使うことあるんだな。

「あのね、あめすけ、そんな性善説でどうするの！　なんでも信じちゃダメ。信じられるのは、最近テレビで売れてきたハーフモデルが言う『アタシの部屋、めっちゃ汚いんですよ』だけよ」

「もっと他にもあるだろ」

確かに汚いイメージがあるのが悔しい。

「自分と同じくらいの人気者、しかも同じ部活。冴木さんはライバルである芳野《よしの》さんを蹴落とそうと企《たくら》んでいたに決まってるの。そこで渡りに船のこの出来事よ。『えーなんでなんでー？　なんで美織《みおり》がそんなことー？』なんて驚いたフリしてるけど、内心ほくそ笑んでるに違いないの」

「妄想逞《たくま》しいな……」

冴木さんの味方というわけじゃなく、どっちも敵なのが織羽らしい。

ちょうどそのタイミングで、冴木さんも通話を終えて俺たちの隣に戻ってきた。

「そうそう。最近、美織の様子がおかしいって、美織のクラスの子が言ってたなあ」

「ホントですか？　例えば金遣いが荒くなったとか？」

「あ、うんうん。それも聞いたわ。羽振りが良くなったらしいの」

「やっぱり……あめすけ、興味本位でパパ活をした学年の人気者が、その報酬の魔力にハマってしまい抜け出せなくなる。破滅の匂いしかしないわね、最高じゃない」

小声でそう耳打ちしてきた彼女は、満足気に頷《うなず》いた。完全に芳野さんが沼に沈んでいる体《てい》になっている。

「冴木さん、その芳野さんのクラスメイトって方、教えてもらえますか？」

俺が尋ねると、彼女は「もちろん」と名前を教えてくれる。「結果、分かったら教えてね」と心配そうな冴木さん。その表情の下にどこか、狡猾《こうかつ》な笑みのようなものを想像してしまったのは織羽の影響だろうか。

放課後。今度は芳野さんのクラスである三年五組に行く。本当は俺たちの切込み隊長、陽翔《はると》君に来てほしかったんだけど、放課後はスタジオでバンドのライブリハらしい。いちいち輝いている。

既に帰ってたらどうしようかと不安だったものの、ほとんどの三年生が教室にいるようだ。小一からずっと繰り返してきた放課後教室で過ごすなんてこともあと一年ないと思うと、名残惜しくなったりするのだろうか。

「じゃあ、中林《なかばやし》さんを呼ぶ……か……」

昼休みに冴木《さえき》さんから聞いた、芳野《よしの》さんの友達を呼び出そうとしたところで、言葉に詰まる。教室のドアからサッと帰っていったのは、芳野美織《みおり》さん本人だった。

「うっわ、めっちゃ綺麗《きれい》な人だったね……」

織羽《おりは》がその背中を目で追いかけながらポツリと漏らす。織羽だって十二分に綺麗なんだけど、芳野さんは美しさに加えて大人の色香が乗っていた。

ミルクチョコレートみたいな色の茶髪の丸みがあるショートボブで、形のいい綺麗な耳がしっかり出ている。びっくりするくらい色白の顔、目尻が細く切れ込んだ目、その目と相性抜群の高い鼻。大学生と言ってもあっさり通用するであろう秀麗さだった。

「あめすけ、呼ぼう」

「ああ、うん」

ちょうど教室を出てきた男子の先輩を捕まえて「中林さんって方いますか?」と尋ねる

と、「待ってて」と返事され、すぐに黒髪ショートの先輩を呼んできてくれた。

「はじめまして。何か用？」

「えっと、あの、僕たち、その、謎解きをやってるんですけど、いや、それは関係無しにちょっと気になることがあって……」

持って回った言い方になってしまい、自分の中でどんどん減点ポイントを溜《た》めていく。俺も陽翔君みたいに「五組繋《つな》がりですねえ！」とか言って距離詰めればいいのかな。だから繋がり薄いんだって。

「ああ、美織ね。確かに、最近ちょっと変なんだよね」

事情を説明すると、中林さんは頷《うなず》きながら答える。

「具体的に、どんなところですか？」

「んっと、お金持ってるんだなって思ったなあ。新しい財布持ってたわ」

織羽の質問に、彼女は芳野さんを思い出すかのように斜め上を見る。織羽はそれを高速フリックでスマホにメモしていた。

「休み時間に名前呼んでもボーっとしてるしね。好きな人が出来たんじゃないかっていう噂《うわさ》もあったのよ。クラスの高橋《たかはし》君が呼ばれてるときに目で追ったりしてて」

なるほど、と彼女の話を聞いているうちに、一つの仮説が浮かんだ。

「織羽、これただの恋って可能性あるんじゃないか？」

「……恋？」

何言ってるの、という目でジトッとこちらを見る。

「一緒に歩いてたおじさんのことが好きで、デートしてただけ、とかさ。きっとその人が高橋《たかはし》先輩に似てるから、自然と目で追っちゃう的な」

途端に、並べていたドミノを台無しにするような溜息《ためいき》をつき、織羽《おりは》は「いい？」と俺に詰め寄った。

「漫画にありがちな、女子高生がおじさんと恋に落ちるなんてのはね、読者のおじさんに『俺もワンチャンあるんじゃね？』って希望を持たせて生き永らえさせることで税金を納めてもらうための策なのよ」

「たまに陽キャ関係ない毒が入るの何なの」

納税のために描かれたラブストーリーって何だよ。

「中林《なかばやし》さん、その他《ほか》に気になることあったら、私たちに教えてください」

「ううん、最近の美織《みおり》は言動も変かな。私も美織と一緒でテニス部なんだけどね、部活の練習メニューの班分けのとき、『②班かあ、自分にお似合いね』とか言ってて。よく分からないでしょ？　あとは……お兄さんのこと、これまでお兄ちゃんって呼んでたのに、この前電話口で兄貴って呼んでたのよ。急に変わるなんて変だよね」

確かにちょっとおかしい。このことと、繁華街での一件にどういう関係があるのかはまだ分からないけど。

「参考になりました、ありがとうございました」

「いえいえ、またね」

ペコペコと頭を下げながら挨拶し、中林さんは教室へ戻っていく。欲しい情報は得られたけど、おそらく考えるのに十分ではない。それは、織羽も分かっているようだった。

「さて、あめすけ。もう少しヒントがあった方がいいわよね」

「だな。でもどうするんだ？」

その問いを待っていたかのように、織羽は顔をこちらに向けたまま窓の外を指差した。

「現地調査ね！」


「これ……でいいのか？　こっちの方？」

週末、十日の土曜日。幸運にも梅雨という時期を全く感じさせない快晴で、まだ午前十時半前だというのにやや暑い。

これから出かけるにあたり、俺はここ一、二年で一番くらい服に悩んでいた。

「シャツは……半袖？　いや、長袖の方がいいか？　このTシャツに合わせるなら……うああ、迷う！」

こんなに長考してるのは、天候や気候を考えてるからじゃない。織羽《おりは》と会うからだ。私服で会うのなんて中一、いや、小六以来な気がする。着るもの、羽織るもの、履くもの、どんな組み合わせなら、織羽にセンスが良いと思ってもらえるだろう。大してオシャレでもないけど、彼女に見栄《みえ》を張るためだけに、試着室のようにくるくる服装を変えていた。

「よし、行こう！」

夏っぽい白いTシャツにストライプのライトブルー半袖シャツ、白っぽいチノパン。シンプルだけどこの服で大丈夫だぞ、と自分に言い聞かせるようにもう一度「行こう！」と叫び、両親に行ってきますを告げて玄関のドアを開けた。

駅に向かう一本道、ジリジリと太陽に照らされたアスファルトを自転車で駆ける。はあはあという息切れの音が、切り裂く風に乗って耳元に届く。信号の短い交差点も、入ったことのない美容院も、いつもより速く通り過ぎるのは、ペダルを踏む足に力が入るから。

これは謎解きの一環の現地調査だ。決してデートじゃない。そう分かっていても、休日に私服で彼女に会えるということに堪《たま》らなく緊張して興奮してしまう。大した願いじゃないけど、ほんの少しだけでいいから、彼女も同じように想《おも》ってくれていますように。

【時間ピッタリに着けそう】

電車に乗って連絡すると、しばらくして怒りの炎に包まれたウサギのスタンプと一緒に返信が返ってきた。

【私も大丈夫。電車の中に男女の陽キャ軍団がいてさ。なんで陽キャって吊り革《つりかわ》を見ると軽く体操選手みたいなことするの？　こういう輩《やから》が、パン屋に行ったらトングでカチカチ威嚇《いかく》するし、ボールペンの試し書きスペース見たらカップルで相合傘書いたりするのね】

メッセージにも偏見混ぜてくるのすごい。あと、パン屋で威嚇は俺もやる。

「ふう」

到着まで二十分ほど。車窓に映る私服の男子の口元は、大分嬉《うれ》しそうだった。


「やっほ、あめすけ。やってきたわね、パパ活の街へ」

「この街全体に謝れ」

改札を出たところで織羽と合流したけど、私服の可愛《かわい》さとは全くイメージの違うひどい発言で、相変わらずの残念美人に仕上がっている。

無地のTシャツに、スリットの入った黒の膝下タイトスカート、ちょっとだけヒールのあるコルクサンダル。スカートのスリットは、上から途中まで靴紐《くつひも》のように紐を交差させて結んで閉じられている。下の方はそのまま開いているので、普段の制服とは違う色気に心臓が鼓動を速めた。

「織羽、似合うな、その恰好《かっこう》」

「そう？　えへへ、ありがと。褒《ほ》めても毒しか出ないわよ」

「要らないっての」

「よし、じゃあまずは芳野《よしの》さんが撮られた通りに向かおう」

暑い中を、彼女は意気揚々と歩いていく。ちょうど十二時で、お昼を食べるのかと思ってたから、少しだけ残念。

ビルが建ち並ぶオフィス街とチェーン店や家電量販店が並ぶ繁華街。どちらの顔も見せるこの街には、老若男女さまざまな人が歩いている。同じ二十代らしき男性でも、ビシッとスーツを着ている人やニッカポッカを着ている鳶職《とび》っぽい人、完全に私服のヤンキーっぽい人など、通り過ぎる人はバラバラだ。このごちゃごちゃ加減が嫌だという人もいるけど、「この中になら自分も混ざっていていい気がする」と思えて俺は嫌いじゃなかった。

「あめすけ、ここよね」

「ああ、この金券ショップが映像と一緒だ」

芳野さんが通りの奥に消え、男性と出てきたところは、オフィス街から少しだけ離れた繁華街だった。

「ご覧なさい、ここが女子高生が女になる場所よ」

「織羽《おりは》、入学したときより毒が強くなってない？」

あと自分も女子高生だってこと忘れてるな。

「こういうところで育った陽キャは、いずれ占い師に五千円とか払ってそれっぽいアドバイスもらって『めっちゃ当たってた！　アタシ夢に向かってがんばる！』とか舞い上がっちゃうのよね。私もそんな風になりたかったわ」

「陽キャへの憧れもあるのか」

その言葉に、織羽《おりは》はしばらく固まった後、「えええっ！」と大げさに驚いて見せる。

「憧れるに決まってるでしょ！　私はね、単純に陽キャを憎んでるんじゃないの、自分がそうなる機会を潰されてぼっちになったから恨んでるの！」

「そっか、そうだったな、ごめん」

「なれるならなりたいでしょ？　どうやったらなれるの？　もう手遅れ？　中学のちょっとした部活のトラブルで折れちゃったような人間には資格なし？　でも悪いのは向こうだから絶対許さないの。陽キャはみんなまとめてアオハルコースから引きずり降ろすわ！」

「織羽、ごめんって！」

真昼間から復讐《ふくしゅう》への決意を新たにした織羽が、スマホをパッパッと触って芳野《よしの》さんの裏アカウントの動画を再生した。

「この入り口から奥に入っていくのよね。で、カフェやファミレスが続きます、と」

歩いていく途中で看板を目にする。そこには「集中工事区間②」と騒音をお詫《わ》びする文言が記載されていた。

②か。確か中林《なかばやし》さんも、芳野さんが部活練習の班分けのときに「②班は自分にお似合いだ」と言ってた、って話してたな。お似合い、というのはどういう意味なんだろう。部活に？　あるいは自分に？　自分にだとすると……②……

「……あっ」

それは唐突な閃《ひらめ》きだった。この仮説、ひょっとしたら正しいかもしれない。あとで織羽に教えよう。

「結構道がくねってるんだな」

「そうね。まあ、さっきの入り口からは奥が見えないように、わざとくねくねさせてるのかもしれないけどね。その方が入ってみたくなるでしょ？」

もう少し奥に行くと、チェーン店ではなさそうなレストランをちらほら見かけるようになった。冴木《さえき》さんが言っていたイタリアンやベトナム料理店も、この先にあるのかもしれない。もちろん、二人で休憩するためのホテルなどもあるのだろう。

「うん、大体分かったわね。来てみて正解だったわ……ん？　あれ？　え？」

周りの店をみながら考え込んでいた織羽が、不意に驚いたような声をあげる。

「どうしたんだ？」

彼女は視線を遥《はる》か先に固定したまま、ゆっくりと腕を持ち上げた。

「ふふっ、直接事件には関係ないかもしれないけど、良い情報を得たわ」

そのまま十数秒だけ真正面に掲げたスマホでカメラを回し、にんまりと微笑《ほほえ》む。

これで無事に現地調査は終了、かと思いきや。

「……あめすけ、もう一つ現地調査したいところがあるんだけど」

「おう、いいけど別の場所なんて映ってたっけ？」

そう言うと彼女は、手でTシャツの裾をもじもじと触った後、曲げたままの人差し指で通りの反対側を指差した。

「フルーツパフェの美味《おい》しい店があるってSNSで紹介されてて……せっかくだし調査しようかなって……」

少し赤くなった表情に、俺は堪《たま》らず口元がニヤけてしまう。

「よし、行こうぜ」

「ホント？　ありがと！」

こうして、俺の土曜日は最高のデート、否、現地調査になった。

「ううん……やっぱりそこが分からないんだよねえ」

放課後の南校舎の空き教室で、両腕を突き上げるように伸びをしながら織羽《おりは》が悲しげに漏らす。

週明け、六月十二日。お互いが気付いたことを話し、謎解きも大分まとまってきたが、どうしても解けない部分があった。なぜ芳野《よしの》さんの羽振りが良くなったのか、そして彼女が電話口でお兄ちゃんのことを「兄貴」と呼び始めた理由は何か。前者は何となく幾つかの可能性が見えているけど、後者は全く分からずじまい。ひょっとして全然謎には関係ないのだろうか。いや、何の理由もなしに急に呼び方を変えるなんておかしい。

「ふう……」

二人の溜息《ためいき》が重なる。アイディアも収穫もないまま、あっという間に十分、十五分と過ぎていった。

ほんの少しだけ諦《あきら》めそうになったところで、織羽がバッグからクリアファイルを取り出す。そして、そこに入っている白い冊子を出した。考えが行き詰まるといつも見ている、あれは何なんだろう。

「それ、何なんだ？」

その気がなかったのに、気付いたら言葉にしてしまっていた。濁《にご》されるかもしれないと思ったものの、彼女は俺の方を見た後に冊子に目を落とし、そしてもう一度俺に視線を向けて自嘲気味にフッと笑った。

「中学のときに文芸部のアイツらが書いた小説よ。印刷して本みたいに綴《と》じてみたの」

見てみる？　と聞かれ、おそるおそる手に取ってパラパラと捲《めく》ってみる。

「これ……ひどいな……」

口をついて出たのは、端的でストレートな感想だった。

中学で彼女と一緒に文芸部に入ったという三人の女子。その中の一人、大沼《おおぬま》さんの短編が載っていた。

話の中に、岩里織羽《いわさとおりは》という見覚えのある名前のキャラが出てくる。彼女は、小説の中の織羽は、それはそれはひどく書かれていた。傲慢《ごうまん》で、そのくせトロくて、挙句の果てに空気が読めない。ラストには大好きだった彼氏にさんざん罵倒されてフラれ、彼氏はヒロインの元に消えていく。「キャラに使ってあげたよ」と三人は笑っていたのだろう。これはイジりではなく、もはやイジメに近いことも無理解なままで。

「推理に詰まったり、諦《あきら》めそうになったりしたら、いつもこれを見て思い出すの。これのせいで、私はダメになった。青春のレールから外れた。だから、八つ当たりって言われてもいい、私は私なりの形で復讐《ふくしゅう》するの」

臥薪嘗胆《がしんしょうたん》。そんな四字熟語が真っ先に思い浮かんだ。復讐や目標を成し遂げるために、薪《まき》の上に寝たり苦い肝を舐《な》めたりして耐える。彼女もまた、陽キャと戦うために自ら辛い過去を思い出して心の中の炎を燃やしていた。

「へへ、つい話しちゃった。気持ち悪い、よね？」

「そんなわけないだろ」

即答だった。心の底からそう思った。普通じゃなくても、青春じゃなくても、過去をバネに全力で生きてる彼女を肯定したかった。

「織羽にとって、忘れたくても忘れられないことなんだろ？　復讐の動機の源泉なんだろ？　じゃあ全然気持ち悪くないよ、むしろ大事なことだ。俺にとってもな」

「あめすけにも？」

「お互いまた困ったときは助け合おうって、小学校のときに約束しただろ。織羽がそうやって走り続けてるから、俺も手伝うことができるんだ」

「あ……覚えててくれたんだ……」

彼女はグッと目を見開く。気のせいか、少し潤んでいるようにも見えるその瞳に、まっすぐに俺を映す。

五年以上前に交わした約束。中一で破ってしまった約束。相方として、今こそあの続きを果たすときだ。

「……あめすけ、ありがと。一緒に考えよ！」

「任せろ！」

冊子をしまい、もう一度考えを書き殴ったノートに向き合う織羽。その眼差《まなざ》しは、真剣そのものだ。

「兄貴……お兄ちゃんから兄貴……」

俺も同じようにノートに謎解きの考えをまとめ、ポケットからいつものように飴《あめ》を出して口に放り込んで、その紙とにらめっこする。何か、何かあるはずだ。勉強の知識、本や経験で知った豆知識、脳を総動員して考え続ける。

そして。

「兄貴かあ。最近そう呼んでる人少ないわよね。古い漫画だと結構見るんだけどなあ」

その言葉を聞いた瞬間。

「……織羽《おりは》、今の」

「え？」

「今ので思いついたかもしれない」

一つの可能性に行き当たり、織羽に話してみる。彼女は「そっか、それなら辻褄《つじつま》が合うわね」と得心したように深く頷《うなず》いた。

「あめすけ、お手柄だよ！」

「芳野《よしの》さんの他の行動にも説明がつくからな。ただ……」

ただ、確証がない。この状態で冴木《さえき》さんにぶつけても「本当？」と疑われるだけだし、かといって面識のない芳野さんに直接確認したら「なんでいきなりそんなこと聞くの？」と訝《いぶか》しまれるだけだろう。

「クソッ！」

息だけの声を出し、舌打ちをする。もう一歩、あと一歩なのに。

「あ、見つけた！」

「え？　海風《みかぜ》さん？」

助け舟は、意外なところからやってきた。

「先週、謎解きしてたでしょ。渡り廊下で三年生と話してたの見たよ。あれ、テニス部の冴木さんだよね？」

ミディアムのストレートを暑そうに手でパッと後ろに払う。

「そうですね、今もちょうど解いてる途中で」

「うんうん、良かった、読みが的中ね」

落ち着いた話し方や、タイミングのいい相槌《あいづち》、高すぎない声のトーンで、つい会話したくなる。陽翔《はると》君のような陽キャとは全く違うタイプの、コミュ力の高い人だ。

「多分、空き教室使って謎解きしてるんじゃないかなと思って」

「あっ、すみません、勝手に空き教室使っちゃって……」

「ふむ、そこは目を瞑《つぶ》ってあげましょう。それで、ワタシも探しに来たの」

空き教室を一つ一つ見て回ったってことか。よっぽど大事な用事があったのだろうか。

「あの、川嶋《かわしま》さん、私たちに何か用ですか……？」

そう訊《き》いた織羽に、海風さんはビクッと固まる。そして、俺たちから少し目を逸《そ》らしながら、にゅっと唇を突き出した。

「いや、うん、ちょっと、謎が気になってね……」

「あー……あ？　ええっ！」

数秒、言っていることを汲《く》み取《と》れなかったが、ようやく理解でき、思わず吹き出してしまう。ミステリーオタクの彼女は、俺たちが解いている謎に興味津々らしい。

「だってさあ、なかなかこんなチャンスないじゃない？　リアルな謎解きを目の当たりにするなんて。第二の被害者、落とされた吊《つ》り橋《ばし》、五年前の悲劇、ぞくぞくするわね」

この人どんな大事件を想像してるの。

「いや、そういうのじゃなくてですね……パパ活疑惑がありまして……」

「分かったわ。パパ活のはずなのに女子側に真の愛情が芽生えてしまったんでしょ？　そうに決まってるわ。それで『奥さんと私、どっちを選ぶの？』って詰問！　凶器はガラスの灰皿で決まりね！」

決めつけがひどい。あれ、偏見持ちが二人に増えてるぞ？

「今回の謎と俺たちの考え、聞いてもらえますか？」

「聞く、聞かせて！」

普段のおしとやかな印象からは想像できないほどパアアッと明るい表情を見せる彼女に、俺と織羽《おりは》は事件を一から説明した。サスペンスじゃないと知ったらがっかりするかと思ったものの、やはりミステリー全般が好きらしく、目を輝かせて夢中で聞いている。

「なるほど……確かに二人の仮説も当たってる気がするわ。実際、そういう使い方するって私も聞いたことあるし」

「でも証拠がないんですよね。もう少しで陽キャを裁けるっていうのに……」

さすが織羽、相手が生徒会役員であっても発言がブレない。海風《みかぜ》さんがクスクスと笑ってくれているのがせめてもの救いだった。

「あめすけ、やっぱり本人に聞くしかないかなあ」

「んん……あんまり良い作戦じゃないけど……」

「二人とも、生徒会副会長に任せなさいって」

俺と彼女の机の天板を同時にトンッと叩《たた》き、海風さんは自信満々に答えた。そして立ち上がり、「ついてきて」と言って部屋を出ていく。俺たちは顔を見合わせ、首を傾《かし》げながら彼女の後を追った。

「海風さん、どこに行くんです？」

「んー？　みんな知ってるところ」

階段を降りて一階に向かう。そして西の方に進んでいくと、どの生徒も一度は入ったことのある部屋の前で止まる。

「職員室……？」

「そう。入るわよ」

彼女はよく行くコンビニくらいの気軽さで中に入ると、ずんずんと歩いて恰幅《かっぷく》のいい男性教師の机まで進んでいく。

「あの、長谷川《はせがわ》先生。ちょっと校則違反をしてる可能性がある生徒がいるので、確認したい書類があるんですけど、いいですか？」

「おお、待ってろ」

小声で何回かやりとりをした長谷川先生は、右斜め後ろの銀色の棚を開けて漁《あさ》り始める。

「生徒会担当の先生なの」と海風《みかぜ》さんが俺たちに耳打ちしてきた。

「あったあった、これだよな」

「ありがとうございます。すぐに返しますね」

分厚い青いフォルダを手渡してもらい、俺と織羽《おりは》に見せるように開いていく。二人ともほぼ同時に「あっ」と声をあげた。

「川嶋《かわしま》さん、これ……！」

「ふふっ、生徒会特権もなかなか役に立つでしょ？」

「海風さん、ありがとうございます！」

得意げに眉を上げる海風さんに揃《そろ》ってお礼を言う。

仮説は遂《つい》に確証に変わり、謎は氷解した。

君の居場所

「すみません、部活あるのに俺たちの都合で」

「ううん、大丈夫だよ。美織《みおり》のこと、聞きたいしね」

翌日の火曜日、十三日。空き教室に冴木《さえき》さんを呼びだした。他に教室にいるのは俺と、織羽だけ。さっきまで陽翔《はると》君に会っていたけど、ここには来ていない。

冴木さんは赤っぽい茶髪を揺らして、期待に満ちた表情を浮かべている。

「早速、謎解きしていきますね」

全員立っている中で、織羽が俺と冴木さんの間に入るように一歩前に出て話し始めた。

「まず、大事な結論を先に言っておくと、芳野《よしの》さんと一緒にいた人はパパ活の相手じゃないです。いや、半分は当たってるのかな？」

その答えに、冴木さんは心の底から驚いたような、あまつさえどこか期待外れのように目をグッと見開く。

「……え？　違うの？　半分って何？」

「パパ活じゃなくて、本当のパパ、つまり新しいお父さんですよ。多分、お母さんの再婚で芳野《よしの》さんの新しい父親になる方です。あるいはもうなってるのかもしれませんけど」

「さ、再婚？　でも、私そんな話聞いたことないけど……」

「まだ秘密なんじゃないですかね？　それこそ、正式に結婚してから報告する予定とか」

冴木《さえき》さんは「何の根拠があって」と言わんばかりに首を傾《かし》げている。織羽《おりは》もそれを十分に分かっていて、説明を続けた。

「中林《なかばやし》さんっていう芳野さんの友達、テニス部って言ってたから冴木さんもご存じですよね。その中林さんに芳野さんの最近のエピソードを聞きました。部活の練習メニューの班分けで②の班になったとき、『自分にお似合い』って呟《つぶや》いてたらしいんです」

「お似合い？　どういう意味だろう？」

「マルニっていうのは再婚を指すことがあるみたいです。バツイチが離婚ってことで、それと同じような使い方ですね。相方のあめすけが教えてくれました」

現地調査で看板を見たときに閃《ひらめ》いたこと。雑誌の新語特集の記事でたまたま目にしていた。芳野さんが再婚を身近なことと感じていたなら、知っていてもおかしくないだろう。

「中林さんからは、名前を呼ばれてもボーッとしてる、高橋《たかはし》さんって男子のことを目で追ってる、なんて話も聞きました。これも親が再婚するってことなら分かりますね。おそらく、芳野さんから高橋さんって苗字《みょうじ》に変わるんじゃないでしょうか」

「あ、そういうことか」

冴木さんより早く、俺が手をパンッと鳴らす。この部分の推理は聞いてなかったけど、織羽の説で間違いないだろう。拍手を送るように、風が窓とカタカタと揺らした。

「自分の名前を呼ばれても、新しい名字のことで頭がいっぱいだったから反応できなかった。高橋さんを目で追っていたのも、呼ばれた彼の名前を意識して目で追っていたんじゃないか、ということですね」

「で、でもじゃあ、なんで美織《みおり》はあんな繁華街にいたの？　新しいお父さんだったら、あんなところにいる必要ないじゃない！」

「二人があの場所で何をしていたかは分かりません。ご飯を食べていたのかもしれないし、新しいお父さんの会社まで迎えに行ったのかも。少し歩けばオフィス街ですし」

途端、冴木さんは「だはっ！」とおかしそうに吹き出した。

「ちょっと待ってよ。なんでわざわざ電車使う場所にご飯食べに行ったり迎えに行ったりするのよ」

「それは芳野さんがあの場所に用があったからです。バ、バ、バイトを始めたからですね」

「は？　バイト？」

彼女は首をグッと織羽の方に向け、素っ頓狂な声をあげる。

「そうです。あの辺り、レストランが多かったですよね。冴木さんも動画で、イタリアンやベトナム料理店の話をしてたと思います。その飲食店の中の一つで働き始めたんです。羽振りが良くなった、って言われてたのもそのせいですね」

「いや、岩里《いわさと》さん。働いてるの見たわけじゃないでしょ？　何も根拠がないのに――」

「根拠ならちゃんとありますよ」

彼女が遮《さえぎ》ると、冴木《さえき》さんはグッと堪《こら》えるように口を閉じて手を握った。

ほら来た、予想通りだ。いけ、織羽《おりは》、最後の最後に閃《ひらめ》いたアレをぶつけよう。

「芳野《よしの》さん、お兄さんがいるらしいんですけど、ずっとお兄ちゃんって呼んでたのに、最近電話口で『兄貴』と言っていたのを中林《なかばやし》さんが聞いています。おかしいと思いませんか？　急に呼び方変えるなんて」

「そう？　たまたま変えることだってあるんじゃない？　そういう気分だったとか」

「その線もなくはないですけど、別の可能性を考えました。兄貴、というのが別の意味で使われてるというケースです」

そう言って、彼女は説明のために両手をグーにして並べる。

「あめすけに聞いたんですけど、兄貴という飲食店の用語があるそうです。同じ種類の材料や料理で先に仕入れたものや、先に調理したものを指します」

握った両手の片方を振って、「新しいのは弟って呼ぶらしいです」と補足する織羽。「兄貴呼びは古い」という彼女の言葉から、この「古い物」という意味を思い出した。

「先のものだから兄貴、分かりやすいですね。つまり、芳野さんはバイト先に電話をしていたってことです」

冴木さんは黙って織羽を見ている。その様子は、睨《にら》みつけているようでもあった。

「そ、それは、あくまで働いてるかもしれないってことでしょ？　本当にお兄さんのこと兄貴って呼び始めたって場合もあるじゃない！　決定的な証拠とは呼べなくない？」

それを聞いた織羽は、小さく溜息《ためいき》をつく。

前も同じようなことを思ったけど、ドラマや漫画の世界では、こういう風に「証拠はあるのか」と言われたときは大抵あるものだ。それは、今回も同様だった。

「分かりました。じゃあ証拠を見せます」

そう言って、織羽はスマホで一枚の写真を表示させ、印籠を突き出すように冴木さんの眼前に掲げた。その液晶を輝かせるように、陽光が窓を突き抜けてスマホを照らす。

「これ、ちょっと関係者のツテで確認してもらいました。芳野さん、学校にアルバイトの申請を出してます」

海風《みかぜ》さんに迷惑がかからないように名前は伏せる。昨日職員室で確認したことがちゃんと役に立って良かった。

「つまり、芳野さんはバイトをした後、新しいお父さんと帰っただけってことですね」

これ以上反論の余地のない説明に、冴木さんは静かに俯《うつむ》く。「そっか、パパ活じゃなかったんだ」と、自分の掴《つか》んだネタが誤報だったことを残念がるかと思いきや、大きな目を少し細め、柔和な表情になった。

「良かったあ！　美織《みおり》、絶対パパ活とか似合わないし！　岩里《いわさと》さん、教えてくれてありがとね！」

大事な友人のことが心配で気にかけている。

という素振りを見せている。

下を向いた織羽《おりは》は、ニヤリ、という音が聞こえるかと思うほど弓なりに口を曲げた。横の髪が、その勢いを感じ取ったかのように外にピンとハネる。

「さすが陽キャの冴木《さえき》さん、見事な演技ですね！　さっきまでまるで芳野《よしの》さんがパパ活をしていてほしいような感じで証拠証拠言ってたのに、急に手のひら返して大事な親友が何事もなくて良かったムーブ」

「……え？　なに？」

「陽キャってなんでみんなあんなに演技上手《うま》いんでしょう？　普段からクラスの輪に溶け込むために何枚も仮面をかぶって、さほど興味ない新作アジアンスイーツの話題に混ざったりしてるからですか？」

話すスピードが三割増しくらいになった。俺には分かる、彼女は今、めちゃくちゃテンションが上がっている。

対照的に、冴木さんは軽く顔を引《ひ》き攣《つ》らせていた。

「何言ってるの？　私は本当に心から心配——」

「本当に心から心配してたら、裏アカで拡散なんかしないですよね？　まあ芳野さんの謎解きは終わったんで、別の話をさせてください」

一息ついて、彼女はまた冴木さんに向き直る。その目に宿る爛々《らんらん》とした光は闘志だけではなく、陽キャと対峙《たいじ》できることへの歓喜にも見えた。

「もし友達が知らない男の人と歩いてたとしても、パパ活なんて信じてなければ、あとで芳野さん本人に『あの人誰？』って聞いてもいいはずなんです。パパ活だって思いこんでるから動画を撮ったりするんです。いいですか、決めつけなんて絶対にダメです！」

えええ……織羽がそれ言っちゃうの……いつも呼吸するように決めつけてるのに……。

「冴木さん、一つ聞きたいんですけど、芳野さんの動画を撮ったとき、彼女が入っていったっていう道を尾行したりしましたか？」

「はあ？　そんな趣味悪いことしないし、ついていってたら動画に入れるわよ。奥に向かう道でしょ？　あそこはパパ活でも有名みたいだから入ったことないわ。入口で美織を見かけたから撮影して、その後男の人と戻ってきたのを目撃したからもう一回撮っただけ」

「ふうん……そうですか」

それを聞いた織羽は、瞬《まばた》きもしないまま目を見開き、ますます凶悪な笑顔になる。子ども向けアニメなら完全なラスボス。

「動画のナレーションで『二人でこの奥にあるイタリアンやベトナム料理にでも行ったのかな？』って言ってましたよね。ベ、ベ、ベトナム料理があるって、なんで知ってたんですか？」

「え……」

「イタリア料理ならどこにでもあるでしょう。でも、ベトナム料理店なんてそんなに多くないはずですよ？　つまり、冴木《さえき》さんがどこかであの通りを奥まで行ったことない限りは知りえないはずなんです」

「あ、ああ、うん、そういえば友達と行ったことあるかも。忘れてたわ、ごめん」

苦しい言い訳。でも、そう言われたらそれ以上突っ込んで話せないのも事実だった。

だから、別角度からアプローチしないといけない。この、もう一つの謎解きを完遂するために。

織羽《おりは》はちらりと教室のドアを見た。まるでタイミングを図ったかのように、ガラガラとそのドアが開く。

「お待たせ！　冴木さん、お久しぶりでっす！」

入ってきたのは、ゼロ距離コミュニケーションの魔術師、こと陽翔《はると》君。茶髪を揺らしながら、冴木さんに近づいていく。良かった、さっき会ってお願いしてたことが間に合ったようだ。

「実はね、オレ冴木さんのこと、ちょっと調べさせてもらったんですよ！」

「調べた……？」

「冴木さんの友人って人に色々聞いてみたんですよね。そしたら、冴木さんも最近羽振りが良くなったらしい、って聞きましたよ？　なるべく隠してるつもりでも、我慢せずに新しいコスメ買ってたり、お金の遣い方ってつい出ちゃうもんなんですよね！」

呆然《ぼうぜん》と立ち尽くし、「だ……」と口を開いたっきり黙る冴木さん。「誰に聞いたの」と訊《き》きたかったに違いないが、今更知ったところで手遅れだった。

「さすが天方《あまかた》君、助かったわ」

「ううん！　オレも一回織《おり》ちゃんの謎解き混ざってみたかったんだ。ヤッバい、めっちゃ楽しいねこれ！」

さすが陽翔君。知らない人に聞き込みするなんて、俺や織羽には到底できない芸当だ。親指を立てて「グッジョブでしょ？」と訊いてくる彼に、恥ずかしさを堪《こら》えつつ親指を立てて返す。

そして、とどめを刺すのは織羽の役目だった。

「冴木さん、パパ活をやってる人って、やっぱりすぐにパパ活の発想が出るんですかね」

織羽は意気揚々と現地調査のときに録画した動画を再生する。そこには、ちょっと大人びたワンピース姿の冴木さんが、年上の男性と腕を組んで歩いている様子が映っていた。

「な！　ちょ、まっ、これ！」

「たまたま見つけてびっくりですよお！　平日夜だと同じようなことをしてる知り合いに会うかもしれないと思って、週末の昼を選んだんですかね？　週末の方が普通の高校生がいる可能性が高いのに、陽キャも極めると思考回路が変になってくるんですね。あ、こんな風に腕まで絡《から》めてて知らない人だとは言わせませんよ。だとしたら、知らない人ともその場のノリで腕を組めるヤバい人ってことになりますから」

土曜日、あの通りで織羽《おりは》が冴木《さえき》さんを見つけた。織羽が「これは最終兵器になるわね、けっけっけ」と妖怪のような笑みを浮かべながら撮影していたのを思い出す。

「あ、ちなみに織《おり》ちゃんに言われてたんで、お友達の方にその動画見せたっすよ！」

「そうそう、冴木さんの金遣いとか気にかけてるようなら見せた方がいいかと思って！」

不敵に笑う織羽に続いて、陽翔《はると》君が「めっちゃ驚いてたよ！」と追撃する。

「うう……くそ……」

力なく吐き捨てた冴木さんはガックリ肩を落とし、落下するように椅子に座る。その一言は、織羽の謎解きを認めるものに間違いなかった。

「でも信じて、食事に行っただけなの。ホントに、ただの食事なのよ。法律にはふれてないんだから！」

「まあ仮にそうだったとしても、お金をもらって、そのために手まで繋《つな》いでる時点で『ただの食事』とは呼べないと思いますけどね！　それを他のお友達が信じるかどうか、陽キャとして培ってきたコミュ力の見せどころだと思うんで頑張ってください！」

「ぐぅう……こんなはずじゃ……」

そう言ったきり、無言で机に突っ伏す冴木さん。今回は織羽の大勝利だ。

彼女は陽翔君にお礼の会釈をした後、俺の方に向き直ってまっすぐ視線を合わせる。

「あめすけ、ホントにありがとね」

「いいってことよ」

グーを顔の高さまで上げてきたので、俺も拳を握り、コンッと重ねる。手を繋ぐなんて限りなく遠い話に思える俺にとって、一瞬だけでも彼女の手に触れて体温を感じられたのは、ものすごく嬉《うれ》しかった。


「いやあ、今回は完全に陽キャを倒せたな」

空き教室を出て歩きながら、横の彼女に話を振るものの、彼女は神妙な面持ちだった。

「まあそうね。でも、何だろう……私を不幸に陥《おとしい》れたあのエセ文芸部のメンバーとか、その後も私をハブり続けた陽キャのクラスメイトが憎かったわけだけど、復讐《ふくしゅう》の名目とはいえ、彼らとは違う陽キャを攻撃しちゃったのよね。なんだろう、この気持ち……」

なるほど、彼女は罪悪感に駆られているのだ。別の人に八つ当たりしたとしても、思うように自分の中のモヤモヤが解消されなかったのかもしれない。

「いや、でもそれは仕方な――」

「この気持ち……最高ね！」

ウソでしょ、そっちなの。

「今日の冴木《さえき》さんだって、どこかできっと私たちみたいな陰キャを知らず知らずのうちに傷つけてたはず！　私は大して恨みもないけれど、どこかの誰かが恨みを持ってるはずだし、陽キャってだけで憎んでいい！　勝って良かった！」

「めちゃくちゃ元気じゃん」

さっきの顔つきは何だったんだよ。

「ああ、冴木さんの動画、友達づてでみんなに広まってほしいなあ。そのまま冴木さん抜きでカフェに行って、覚えた呪文でキャラメルソース追加したりホイップ増量したりして運動部と思えないカロリーの塊飲みながら悪口言い合ってほしい。さよならアオハル。ね、あめすけも勝って良かったでしょ？」

テニス部ならカフェでカスタマイズするだろうって決めつけが、今はむしろ心地良い。

そして、俺自身は全く恨みはないけど、彼女との約束も果たせたし、目の前でこんな、まるで陽キャみたいな満面の笑みを見られている。

だから。

「ああ、勝って良かった！」

　だから、これが偽らざる俺の返事だった。

「ところであめすけ、どこに向かってるの？」

「一言だけ挨拶しようと思って」

「……ああ、そういうことね」

　俺は行き先を理解した彼女を、生徒会室まで連れて行った。

　ノックをすると、ブルーのメガネが印象的な副会長が「はーい」と顔を出す。

「海風《みかぜ》さん、昨日の件、無事に解決しました！　ありがとうございます」

「ホント？　なら良かった！　あーあ、ワタシもやることなかったら行きたかったなあ」

　溜息《ためいき》混じりの海風さん。どうやら相当来たかったようだ。

　やること、という単語を聞いたせいか、織羽《おりは》は「やばい、宿題に必要な古文の文法集置いてきた！」と思い出したらしく、「ちょっと待ってて！」と教室にダッシュで戻る。

　海風さんは、あっという間に小さくなった織羽の背中を見送った後、胸の前に手を出して小さく俺を指差す。

「雨原《あめはら》君、ちょっと創部に関して改めて話したかったんだけど、岩里《いわさと》さんも来てからの方がいいかな？」

どんな話だろう？　やっぱり謎解き部をやらないか、ということだろうか。ただ、いずれにしても返事は決まっていた。

「いえ、いったん俺一人で聞きます」

＊＊＊

「芳野《よしの》さんのこと、天方《あまかた》君に聞きこみしてもらったの」

謎解きから二日経《た》った六月十五日。放課後、織羽《おりは》と並んで廊下を歩きながら、彼女の話に耳を傾ける。

「親の再婚を機に引っ越すらしくて。引っ越し代とか不要になった家具の処分にお金が要り用になるでしょ？　それで、バイトをして自分のものは自分で稼ぐって決めたらしいわよ」

「なるほど、それで羽振りが良くなったなんて言われてたわけか」

あれから特に芳野さんの噂《うわさ》は聞かないから、誤解はちゃんと解けているのだろう。一方で、冴木《さえき》さんの話はクラスでもテニス部でも若干遠巻きにされているらしい。織羽の望み通りの展開だ。彼女からすれば「全然足りないわ」なんて言いそうだけど。

「ねえねえ、今日はどの空き教室にするの？　地学準備室？」

「いや、決めてるところがあるんだ」

彼女の「固定の部屋があるといいなあ」という愚痴を聞きつつ南校舎に向かう。三階の東端、離れ棟を除けば昇降口から一番遠い教室。そこには真っ白な教室札が提げられているが、ペンキらしきもので塗られた後ろにうっすらと「数学準備室」と見える。

「初めて来るね。前から気になってたとか？」

「いや、ちょっと準備してることがあってね」

ガラガラとドアを開けると、そこには二人の先客がいた。

「あれ、天方君、と川嶋《かわしま》さん？」

「やっほー、織《おり》ちゃん！」

「こんにちは、岩里《いわさと》さん」

首を傾《かし》げている織羽が、ツンツンと俺の袖を引っ張り「どういうこと」という疑問を浮かべて俺の顔を覗《のぞ》き込《こ》む。俺は、大きく息を吸い込み、彼女に伝えた。

「織羽、ここは生徒会直轄の組織、探偵部門だ」

「探偵、部門……？」

怪しげに首を捻《ひね》る彼女に、俺は経緯を説明する。

「海風《みかぜ》さんに俺たちの意向を話したんだよ。部活だと新入部員が入っちゃうし、部員間のトラブルも避けたいって。そしたら、生徒会直轄組織ならどうかって提案を受けたんだ」

織羽《おりは》の細かい過去は伝えていない。俺と彼女の二人の考え、という前提で話した。

「直轄組織のことは織羽も知ってるか？　選挙管理委員会とか文化祭実行委員会みたいに、学校や学校行事の運営に役立つ組織のことだよ」

「岩里《いわさと》さん、今回の事件でも生徒の誤解を解いてくれたし、ちょっと前にはジャズ研の楽器の傷の事件も解決したんでしょ？　学校に起きる謎を解いてくれるなら、生徒会としても認可できるなって」

すかさず海風《みかぜ》さんが補足してくれる。一昨日《おととい》の放課後、織羽が宿題のための忘れ物を取りに戻っている間に、この話をこっそりしておいた。少し興味を示したらしい織羽は、立ったまま俺にジッと視線を送る。

「直轄組織って……何か設立要件とかないの？」

「部活と同じように四人必要だ。でも陽翔《はると》君も入ってくれるって」

「バンドの方優先だけどね！　織《おり》ちゃんよろしく！」

指をパチンと鳴らす陽翔君に、織羽は「一人足りないけど……」とキョロキョロ教室を見回した。

「えへへっ、岩里さん。実は私、生徒会以外に部活とかやってないのよ」

「え！　川嶋《かわしま》さんが入るんですか！」

「生徒会の人間が直轄組織に入ることはできない、って規則はないからね。もちろん、ワタシも生徒会の活動優先だけど、できるなら謎解き参加したいし！」

「織羽、どうかな？　この形なら部活と違うから、悪くないんじゃないかと思って。活動拠点としてこの部屋も手に入るしね」

彼女はしばらく黙りこむ。ジッと俺たち三人のことを見つめる目には、急な提案に対する動揺が見て取れた。

急いで考えなくてもいい、と言いかけたそのとき、彼女はフッと強めに息を吐き、口を尖《とが》らせた。

「結局部活みたいなものじゃない！　言っておくけど、当面新規のメンバーは入れないし、恋愛もご法度だからね！　テニスだろうが文芸部だろうが、男女混合の集まりってのは放っておくと勝手にくっつくんだから。水素と酸素並よ。結合して全部水に流して無かったことにしてほしいわ」

「人を元素に喩《たと》えるな」

でも良かった。文句はあれど、組織を立ち上げることに異論はないらしい。

「生徒会組織だぞ、これで公に陽キャに復讐《ふくしゅう》できるだろ」

「……うん、それはちょっと思った」

仄《ほの》かに微笑を湛《たた》える。陽翔君は「公に復讐ってやば！」と笑っていたし、海凪さんは聞かないフリをして困ったような笑顔を浮かべていた。

「大体さ、放課後はどこの教室もみんなワイワイ居残りすぎなのよね。みんなで一つの机囲んで何してるの？　どうせコックリさんでもやってるんでしょ？」

「高校生の青春を十円玉に集約させるなよ」

「まあだから、そういう意味では、居場所ができたってのは良いことよね。昇降口から一番遠いってのも良いわね。アオハルから一番遠い場所で逆襲の爪を研ぐって感じで」

彼女の笑顔がどんどんはっきりしていく。目がキラキラと輝き、口は綻《ほころ》びを抑えられないでいる。放課後を過ごす場所ができたことがかなり嬉《うれ》しかったようだ。

「岩里《いわさと》さん、組織の名前、『探偵部門』でいいかな？」

「イヤです」

即答。こういうの断れる人いるんだ。俺なんか美容院で「これでどうですか？」って後ろ髪見せられたら、たとえもっと切ってほしくても「大丈夫です」って言っちゃうな。強くなりたい。ダメだ、また自己肯定感が出ていきそうだぞ。絶賛反抗期です。

「あめすけもイヤでしょ？　言葉で『探偵』って言うのはいいけど、文字にすると浮気調査と盗聴器発見しか思い浮かばないでしょ？」

「そんなことはない」

「まあ浮気調査でもいいけどね。高校生男子だって、コンビニの新作スイーツに詳しい人は大体二股かけてるだろうし。両方の彼女から知識を仕入れてるに決まってるわ！」

「普通にスイーツ好きな男子もいるだろ……」

相変わらず偏見がひどい。でも、俺も慣れてきたのか、面白くて笑いそうになる。

「じゃあ織羽《おりは》、どんな名前ならいいんだ？」

「もっとセンスと語感の良い名前にしたいわね。センス、センス……」

右拳を口に当てて唸《うな》る織羽。謎解きのときと同じ、いや、それ以上に考えている。

やがて、その手を開き、人差し指をピンと立てた。

「よし、決めたわ。探偵は英語でディテクティブよね。なので、部門とくっつけてディテクティ部門《ブ》にします！」

「センス家に置き忘れてきたのか」

陽翔《はると》君が「ぶはっ！」と盛大に吹きだす。語感も何もめちゃくちゃ言いづらいし。

「川嶋《かわしま》さん、ディテキティ……ディーテークーティー部門でお願いします！」

ゆっくり発音する織羽。既に噛《か》んでるのにこの名称で押し通すのがすごい。

「じゃあ、名前も所属メンバーも決まったところで……雨《あめ》っち、織《おり》ちゃん、ちゃんと用意しておいたよ！」

生徒会の海風《みかぜ》さんが動いてくれて使えるようになった教室で、コミュ力お化けの陽翔君が缶の炭酸ジュース四本をバッグから取り出し、全員に配っていく。

この空間は、俺たちが、織羽が勝ち取った場所だ。

「雨原《あめはら》君か岩里《いわさと》さん、乾杯の音頭お願い」

「ほら、あめすけ、良い感じに！」

「え、俺がやるの」

急に白羽の矢を立てられ動揺してしまったが、指名されたら仕方ない。ジュースを高らかに掲げて、普段出さないような大声で挨拶した。

「じゃあ、ディテクティ部門《ブ》の設立を祝って、乾杯！」

「乾杯！」

全員で缶をぶつける。それは、織羽《おりは》は気付いていないかもしれないけど、ひょっとしたら俺たちなりのアオハルなのかもしれない。

「あめすけ、今回の作戦は良かったわよね。これからも裏アカを暴《あば》いてひどい動画を見つけていこう！　どうせ軽音楽部とか無断路上ライブの動画をあげて女子から『ラブソング私のために歌ってるのかなって勘違いしそうになっちゃった』とかリプもらってるんだから、潰すわよ！　どうする？　今から探す？」

「今は喜びに浸ってくれよ！」

彼女の復讐《ふくしゅう》は、まだ始まったばかり。

あとがき

皆さん、はじめまして。六畳《ろくじょう》のえるです。これまでは、いわゆる「ライト文芸」や「青春小説」と呼ばれるものを刊行していましたが、今回初めて（密《ひそ》かに憧れていた）ライトノベルを書きました。楽しんでいただけましたか？　ずっと書きたかったレーベルで書けて自分は楽しかったですよ！

さて、皆さん、陽キャは好きですか？　自分は得意じゃないです。唐突にどうしたんだよお前は。

得意じゃないですが、憧れています。クラスの中心でトークを回し、オシャレにも音楽にもサブカルにも詳しくて、何かあるとすぐにイベントを企画してくれる。学生時代、ずっと彼らを羨望《せんぼう》の眼差《まなざ》しで見ると同時に、そうなれずに「さっきあの人にあういう言い方しちゃったけど、こう思ってるんじゃないかな……お前はいっつも下手だよな……」とずっと脳内反省会している自分にどんどん自己肯定感が下がっていきました。ちなみに今も大して変わってません。生活するって大変。

で、月日が経《た》つうちに陽キャのイメージが固定化されましたね。陽キャはこんなことするだろう、あんなこと言ってるに決まってる……はい、出ました、「偏見」です。

今回の作品は、そんな偏見をネタにして広げていきました。「推理するけど陽キャに対する偏見&毒舌ばっかり」「ヒロインは陽キャに恨みがあって……」と想像しながら出来上がったキャラクターが織羽《おりは》です。こういう捻《ひね》くれたキャラ、大好きです。余談ですが、表紙のポーズは自分が熱望しました。ケンカ売ってる感じ、良いですよね。あれは陽キャに対して、だけではなく、「表紙では可愛《かわい》いポーズをさせておけばいい」という昨今のラノベに対しても……これ以上はやめておきましょう。もう手遅れだよ。

そんなわけで、だいぶ尖《とが》った作品になりましたが、陰キャの皆さんは共感しつつ、陽キャの皆さんは「ここまでひどくない」と笑いながら、ぜひ楽しんでください。

最後に謝辞を。まずは編集のS様。アイディアの段階からキャラやストーリーを相談させていただいたおかげで素晴らしい作品になりました。また、装画を担当いただいたイラストレーターの大熊《おおくま》まい様。めちゃくちゃ可愛い織羽と、これぞツッコミ役というあめすけのイラストを頂いたとき、あまりのステキさに秒で画像保存して毎日眺めてました。

そして何かにつけてはあめすけの如《ごと》く「自分なんて……」としょんぼりしている自分を支えてくれている作家仲間の皆さん、いつもありがとうございます。さらに家族に友人、そしてお読みいただいた読者の皆さん。関わった全ての方に深く感謝申し上げます。

それでは、またどこかでお会いできることを祈って。陽キャに憧れつつ、卑屈になりつつ、毒吐きつつ、人生やっていきましょうね!

MF文庫J

陰キャぼっちは決めつけたい
これは絶対陽キャのしわざ！

2023年10月25日　初版発行

著者　六畳のえる

発行者　山下直久

発行　株式会社 KADOKAWA
〒102-8177 東京都千代田区富士見2-13-3
0570-002-301（ナビダイヤル）

印刷　株式会社広済堂ネクスト

製本　株式会社広済堂ネクスト

Printed in Japan　ISBN 978-4-04-682987-0 C0193

◇◇◇

【 ファンレター、作品のご感想をお待ちしています 】
〒102-0071 東京都千代田区富士見2-13-12
株式会社KADOKAWA　MF文庫J編集部気付「六畳のえる先生」係　「大熊まい先生」係